A Irmandade do Olho do Corvo
Tomo 1

As Crias de Hastur

A.Z. Cordenonsi

Copyright © A.Z.Cordenonsi
Todos os direitos desta edição
reservados à AVEC Editora.
Nenhuma parte desta publicação poderá
ser reproduzida, seja por meios mecânicos,
eletrônicos ou em cópia reprográfica,
sem autorização prévia da editora.

Publisher **Artur Vecchi**
Revisão **Gabriela Coiradas**
Projeto Gráfico e Diagramação **Luciana Minuzzi**
Imagens **Pixabay (Lars_Nissen, oudeopa, Free-Photos, ekaterinvor), Freepik (kstudio, pressfoto, macrovector) e arquivo pessoal**

C 794
Cordenonsi, A.Z.
    As Crias de Hastur / A.Z.Cordenonsi. – Porto Alegre : Avec, 2020.
(A Irmandade do Olho do Corvo, 1)

    ISBN 978-65-86099-55-3

    1. Ficção Brasileira   I. Título

CDD 869.93

Índice para catálogo sistemático:
1. Ficção: Literatura brasileira 869.93

Ficha catalográfica elaborada por Ana
Lucia Merege CRB-7 4667

1ª edição, 2021
Impresso no Brasil / Printed in Brazil

Caixa postal 7501
CEP 90430 - 970
Porto Alegre - RS
www.aveceditora.com.br
contato@aveceditora.com.br
instagram.com/aveceditora

Índice

```
01. Chitina River ......................................................... 7
02. Nova York ............................................................ 14
03. O Olho do Corvo .................................................. 19
04. Humphrey Lovecraft ............................................. 28
05. Chinatown ........................................................... 44
06. O Pagode do Pato Selvagem ............................... 52
07. As Águias Negras ................................................ 60
08. O Pagode dos Nove Pináculos ............................ 64
08. O Templo Espiritual da Srª. Kang ....................... 74
09. O Sequestro ........................................................ 82
10. Descendo aos Porões do Inferno Chinês ........... 93
11. A Cria de Hastur .................................................. 99
12. Golem-Hastur .................................................... 106
13. Sangue Negro ................................................... 111
```

01.Chitina River

Alasca, 1947.

Eu sabia que ia dar merda.
Muito antes de entrar no covil, tinha certeza absoluta de que esta era uma péssima ideia. Meus instintos berravam para que eu desse meia-volta e sumisse dali o mais rápido possível, mas eu nunca fui muito bom em ouvir a minha própria consciência. Aliás, aprendi a ignorá-la desde a mais tenra idade, na inversa proporção que *meu pai* insistia em que eu a ouvisse.
Uma figura, o meu pai. Se tiver a chance, tenha o prazer de *não* o conhecer.
Havia recebido informações de que um tenente havia estabelecido um quartel no Alasca. *É*. Foi exatamente o que eu disse: a porcaria do estado congelado do Alasca! Era uma escolha estranha, você poderia dizer, mas a dica era boa demais para que eu simplesmente deixasse para lá. Chitina River era o local, uma cidadezinha esquecida por Deus e isolada em um canto obscuro da fronteira oeste.
Havia um avião esperando por mim em Anchorage, cortesia do meu misterioso financiador. Ele estivera me abastecendo de dicas nos dois últimos anos, desde que deixara a Europa. Por quê? Não tinha a mínima ideia. Mas a grana era boa e as pistas raramente me levavam a becos sem saída. Uma vez por mês, um pacote aparecia com dinheiro e diversos documentos coletados aqui ou ali. E um bilhete assinado pela *Irmandade do Olho do Corvo*.
Não me julgue. Não fui eu que criei a porcaria do nome. Aquilo deveria soar legal e misterioso, mas eu só achava um pé no saco.
Após seis horas chacoalhando num monomotor que cheirava a óleo e colônia barata, o piloto pousou no rio que dava nome ao

[1] *Vampiros não gostam de frio. O sangue resseca e eles têm dificuldade em sugar pescoços alheios.*

lugar. Havia um pequeno píer onde desembarquei. O sujeito tinha ordens para retornar no outro dia. Pelas próximas vinte e quatro horas, estaria sozinho. E faltavam menos de três horas para escurecer.

Acendi um cigarro para esquentar os pulmões. O frio entorpecia meus dedos e precisei riscar dois fósforos para que a ponta ardesse. Senti o calor invadir meu corpo e enfiei os dedos congelados para dentro dos bolsos, as mãos nuas tocando o cabo das FN 1910, as duas pistolas semiautomáticas de fabricação belga. Apesar do frio, não usava luvas. Couro e sangue fresco é uma combinação mortal, principalmente quando você precisa atirar para salvar o próprio rabo.

Subi por uma trilha de pedras arredondadas até a vila. O último censo informava que a cidade deveria ter uns noventa habitantes, mas eu acho que os números seriam corrigidos drasticamente no próximo ano. Havia um cheiro empesteando o ar. Um cheiro que eu conhecia muito bem.

Aquela cidade estava morta.

Merda!

Aquilo daria trabalho.

Não tinha tempo para ser sutil, então invadi as casas com as armas em punho, chutando portas e quebrando janelas. A coisa toda parece muito simples e glamorosa no cinema, mas, aqui, na vida real, é uma porcaria perigosa e cansativa. As dobradiças raramente cedem no primeiro chute, as fechaduras entortam e as vidraças teimam em estilhaçar-se em pontas agudas e afiadas. Para piorar, restava muito pouco tempo antes que a noite chegasse.

Como previa, as poucas casas de madeira que se espalhavam pela única rua de Chitina River estavam vazias. Nada de novo. Os malditos tinham o costume de arrebanhar suas vítimas até um covil. Encontrei alguns corpos, já apodrecendo. Homens, mulheres e crianças.

Malditos.

Deixei os dois prédios por último: o Café e o Chitina Empório. Poderia apostar o meu crucifixo que o covil estava em um deles. E eu só tinha uma meia hora de luz quando decidi invadir o Café.

Como sempre, a desgraçada da deusa Fortuna me deixou na mão. Encontrei mais corpos, mas nenhum sinal dos sanguessugas. Fiz as contas rapidamente. Havia encontrado vinte e quatro moradores mortos. Isso deixava perto de uns sessenta nas mãos deles. Se pelo menos metade fora transformada, estaria lidando com uma infestação de uns trinta malditos e mais o grupo que atacara o lugar.

Uma verdadeira porcaria.

Abri a pasta de couro que trouxera a tiracolo. Enchi os bolsos com pentes de balas e puxei a minha última garrafa a vácuo com água benta. Havia o suficiente para banhar as minhas mãos, pescoço e rosto. Se algum deles me tocasse, teria uma bela surpresa. Deixei para trás a estaca e os martelos — aquilo não adiantaria nada no meio de um covil —, mas levei as duas granadas especiais.

Se tivesse algum juízo na cabeça — algo que perdi entre os doze e treze anos, quando descobri que a desonestidade e a coragem eram os únicos meios de proteção possíveis na casa do meu *pai* —, teria me arrancado dali naquele exato momento. Ou me entocado no Café, defendendo o local como a porcaria do James Bowie.[2]

Talvez eu pudesse...

Ah, que se dane!

Faltando poucos minutos para os últimos raios do sol desaparecerem por detrás das montanhas, resolvi invadir o armazém.

Um grupo de cinco sanguessugas me esperava na penumbra. Eles voaram até mim e descarreguei as duas pistolas, varando seus corpos sem vida com as balas prateadas.

O cheiro apodrecido ali dentro era tão forte que quase botei para fora o que restava do parco almoço que engolira, ainda em Anchorage. Acendi uma lanterna. Aquelas porcarias podiam enxergar no escuro, mas eu não. Mesas e cadeiras estavam espalhadas pelos cantos e manchas de sangue coagulado se

[2] N. A.: James Bowie foi um dos comandantes americanos que defenderam o Forte Álamo em 1836, durante a Revolução Mexicana. Ele e todos os seus homens foram mortos na batalha.

misturavam aos excrementos. Garrafas quebradas brilhavam no facho da lâmpada. Outro vampiro saltou de trás do balcão e eu o destruí ainda no ar, com um tiro no meio da testa.
Precisava recarregar. Lancei os pentes vazios no chão — poderia recuperá-los mais tarde, se sobrevivesse a tanto — e puxei dois novos. Mas é claro que eles não me dariam todo este tempo. Não havia honra entre os malditos.
Alguns desgraçados surgiram por detrás da porta que levava à cozinha. O pino da granada voou um segundo antes que lançasse o projétil. A porcaria explodiu, lançando água benta para todos os lados. Os malditos caíram, se contorcendo, e puxei a minha *katana* de aço tibetano. Não queria desperdiçar projéteis, então, decapitei os malditos.
Quatro estocadas, quatro vampiros destruídos. A noite ia bem.
Abri um sorriso satisfeito. Foi quando tudo foi para o inferno.
A porta foi escancarada por trás, seguida do urro de uma horda completa.
— Merda! — xinguei, saltando para o lado um segundo antes que a minha garganta fosse dilacerada pelas garras de um daqueles malditos.
A noite descera e eles já podiam sair da casa. Não havia sentido em permanecer ali dentro.
Disparei a esmo contra a porta. Devo ter derrubado vários, mas havia muito mais de onde tinham saído aqueles malditos. Não tinha escolha. Puxei o pino da granada de fósforo e lancei para dentro da antiga cozinha antes de saltar contra a janela. Meu ombro quase se deslocou e me cortei em dois lugares com o vidro quebrado, mas consegui me arrastar antes que tudo aquilo virasse uma pira funerária.
O caso é que, contrário à sabedoria popular, vampiros não são mortos pelo fogo. Alguns acabam com os membros consumidos pela chama — e o diabo da granada de fósforo faz um trabalho do capeta nesse sentido —, mas a maioria somente se enfurece. Você já enfrentou um vampiro enraivecido? Posso lhe dizer que não é uma coisa bonita de se ver.
A neve começou a derreter rapidamente, transformando tudo em um maldito lamaçal. Havia uns três vampiros lá fora quando explodi o armazém, mas consegui abatê-los rapida-

mente. Outros não tiveram tanta sorte. Corpos recobertos em chamas saltavam de um lado a outro, uivando de dor e fúria. Eles estavam descontrolados e eu aproveitei a ocasião. Foi como atirar em patinhos no parque e passei boa parte da noite fazendo isso, entre um cigarro e outro.

Quando o dia amanheceu, estava sozinho no meio de um campo recoberto de corpos destruídos. Avancei com cuidado, examinando os malditos. Contei quarenta e cinco transformados, que desapareciam em montes fumegantes enquanto os primeiros raios do sol ultrapassavam as nuvens. Todos muito jovens, com os caninos recém-despertos. Sem dúvidas, os moradores da cidade. Aquilo era um bocado estranho. Nenhum sargento, nem um maldito cabo entre os desgraçados. Só soldados rasos. Fosse quem fosse o maldito tenente que comandara aquela operação, deixara o covil completamente desguarnecido, com um bando de vampiros novatos.

Por quê?

Minha investigação pelos restos incinerados do armazém trouxe um novo mistério. Um símbolo fora pintado na adega, provavelmente utilizando sangue dos moradores como tinta.[3]

Aquilo era *muito* estranho. Vampiros não usam símbolos. *Nunca.* Eu já enfrentei uma porrada deles. Eles são muito bem organizadinhos e se dividem em grupos, usando nomes pomposos e ridículos como Clã dos Assassinos Mortais ou Falange da Noite Escura do Oeste, mas nunca, *nunca*, usavam qualquer tipo de símbolos.

Talvez seja uma espécie de aversão à Cruz e sua simbologia. Ou porque seus leves poderes psíquicos permitem que eles reconheçam uns aos outros. Ou, talvez, porque eles só se interessem pelas cores vermelho sangue e preto pútrido.

Fiquei um bom tempo vendo aquela imagem de tentáculos disformes e olhos minúsculos. Seria algum culto ao polvo? Estaria enfrentando vampiros obcecados por *sushi*? Ou era apenas a veia artística de um desmorto?

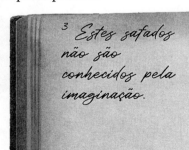

[3] *Estes safados não são conhecidos pela imaginação.*

Vasculhei o resto do local, o que foi uma completa perda de tempo. Por mais que me esforçasse, nada apareceu dançando na minha frente com a palavra *pista* escrita em cores fosforescentes. Qualquer coisa relevante ali dentro acabou destruída pelo incêndio.

Inferno!

Bom, ainda havia trabalho a ser feito. O melhor agora era deixar o fogo purificador fazer o seu trabalho. Mas, então, um novo mistério. Enquanto procurava gasolina, encontrei um garoto e seu pai escondidos dentro de um quarto. Ouvi um barulho e invadi a porcaria da casa com as pistolas em punho e quase matei os dois com um ataque de coração duplo e fulminante.

Depois que os convenci de que não era um vampiro — algo um tanto quanto difícil quando você está com as mãos, rosto e vestes molhadas de sangue —, os coloquei em um trenó a diesel. O pai disse que conhecia uns fazendeiros que moravam a alguns quilômetros dali e que poderiam lhe dar abrigo. Concordei sem pestanejar, mesmo não entendendo o que um fazendeiro poderia plantar no meio daquele gelo e neve.

Enquanto eles partiam, acendi um cigarro. Por que diabos aqueles dois estavam vivos? Seu esconderijo não era particularmente seguro. Uma porta com uma tranca simples não deteria um bando de vampiros. Todos os moradores foram arrastados para a morte, mas eles foram deixados para trás.

Por quê?

Resmungando e bufando — sempre detestei mistérios insolúveis e palavras-cruzadas —, vasculhei a cidade até encontrar um pouco de gasolina num velho caminhão Ford atrás do Café. Usei uma lata para espalhar o combustível pelas casas e fiz o maior churrasquinho que o Alasca já vira nos últimos anos. Enquanto as chamas lambiam as paredes e reduziam Chitina River a cinzas, desci a trilha até o rio, com um cigarro nas mãos.

Porcaria!, pensei, ao sentar em uma pedra para esperar o avião e examinar as minhas vestes pela primeira vez.

Ia precisar de uma batina nova.

Dormi a maior parte do tempo até Anchorage. Se o piloto desconfiou de alguma coisa ao me encontrar com a batina suja e os cabelos chamuscados, não deu sinal disso. Passou o tempo inteiro mascando chicletes e conversando via ondas curtas com uma voz feminina que respondia pelo nome de May. Depois de um demorado banho, devorei o maior jantar que a cozinha servia no Nevasca, um bar gordurento e mal-afamado, mas que tinha a agradável particularidade de ficar ao lado do hotel vagabundo onde me hospedara. Terminei a noite com duas cervejas e meio maço de cigarros.

Quando voltei para o quarto, encontrei um bilhete embaixo da porta.

De um lado, o maldito Corvo. Do outro, uma nota datilografada:

> Precisamos conversar.

Embaixo, um endereço em Nova York.

02. Nova York

Eu nunca tinha estado em Manhattan. Nas duas vezes em que viajei até a Grande Maçã, passei meu tempo caçando zumbis no Brooklin ou perseguindo um demônio porto-riquenho em Nova Jersey[4].

Naquela época, a cidade já era grande e barulhenta e se tornaria muito pior com o passar dos anos. Uma selva de concreto e aço, de ruas largas e vitrines brilhantes, de gente bem agasalhada e pobres miseráveis, de arranha-céus e becos imundos. A iluminação elétrica era um espetáculo à parte. Espalhada pelas fachadas do Clube Majestic e do Hotel Astor, adquiria um tom nostálgico nos lampiões e globos luminosos das ruas e parques.

Em resumo, uma cidade bela e feia pra cacete.

E frenética. Atravessar a multidão que corria de um lado para o outro era uma tarefa árdua e cansativa. Ônibus de dois andares se espremiam entre elegantes carros particulares e táxis apressados. Carregadores suados empurravam seus carrinhos de mão, levando e trazendo encomendas, víveres e bens de consumo. Um ou outro mendigo ocupava as calçadas, tentando conseguir algum trocado antes de serem expulsos pelos policiais. Invariavelmente, eles se esgueiravam por algumas quadras antes de sentar e

---

[4] *O desgraçado me deu mais trabalho do que imaginei. Ele se chamava Vejigante e viera para a cidade atrás de um sujeito que vendera a alma em uma Igreja Negra e se recusara a entregá-la. No final, acabei decapitando-o com a katana imbuída com um feitiço vodu, mas a coisa não acabou muito bem. O necromante apareceu para reclamar a alma prometida ou levaria seu filho que curara de um câncer. O pai seguiu para a danação sem pestanejar. Bom sujeito.*

começar tudo de novo.
Pelo menos, estávamos no fim do outono. Durante o verão, a cidade se tornava intragável. O calor modorrento se espalhava pelos edifícios de tijolos avermelhados, tornando o ar um caldo grosso e que cheirava a peixes duvidosos e urina.
Peguei um trem da Interborough Rapid Transit e desci na estação da Rua 42. Guiava-me por um mapa que havia tentado decorar mais cedo, pois não queria parar e pedir informações. Por algum motivo obscuro, os nova-iorquinos adoravam um sotaque europeu, mas tudo o que eu queria era me manter incógnito. A batina já chamava a atenção o suficiente.
Atravessei a Times Square, dei um "olá" para o anúncio fumegante da Camel e segui, me acotovelando entre homens elegantes de chapéu e casaco e trabalhadores de suspensório e mangas de camisa, até a Rua 50.
Quando alcancei o endereço mencionado no bilhete, na Quinta Avenida, deixei cair o toco do cigarro.
Aquilo só podia ser brincadeira. Toda a esquina era tomada pela Catedral de São Patrício, uma igreja neogótica construída bem em frente ao tal Rockefeller Center, um complexo de edifícios comerciais de gosto duvidoso que havia sido inaugurado uma dezena de anos atrás. As duas torres da igreja erguiam-se aos céus como dois pináculos, recheados de cúspides que pareciam brandir a ira divina. Gárgulas ferozes decoravam a fachada principal e árvores ressequidas pelo outono emprestavam um aspecto pouco convidativo ao lugar.
Diabos!, rosnei, me encolhendo dentro do colarinho branco. A Catedral era a sede da Arquidiocese de Nova York. Eu não era exatamente um sujeito popular, mas se alguém me reconhecesse ali...
— Padre?
Virei-me e encarei uma moça que devia estar chegando naquela idade em que os pais começam a perturbá-la por causa do futuro. Tinha os cabelos lisos e escuros, além de um rosto bem formado, escondido atrás de um grande par de óculos. Vestia saias até o joelho e um chapéu de passeio, e, pelo jeito com que alisava o vestido, não estava acostumada a tais trajes.
Ela me fez lembrar de Charlotte. Só que Charlotte estava do outro lado do oceano.
E estava morta.

— Quem quer saber? — perguntei, irritado por causa da lembrança.
— Foi o Olho do Corvo que me enviou.
Franzi o cenho e virei o pescoço de um lado para o outro, mas não reconheci ninguém suspeito à vista. Só o eterno vai-e-vem de homens em seus paletós de duzentos dólares e mulheres trajando animais mortos em estolas e casacos.
— Para onde vamos? — perguntei, tentando parecer durão.
A garota olhou para a igreja, mas eu não me mexi.
— Acho que não, garota — disse, franzindo o cenho.
— É a única entrada — ela respondeu, com um sorriso.
Saco.
— Certo! Vá na frente, então — resmunguei, levantando as abas do meu capote e enfiando ainda mais o chapéu na cabeça.
— Então, o senhor é o novo operativo? — perguntou, enquanto passávamos pelas gigantescas portas da catedral.
Não respondi, mas isso não pareceu refreá-la.
— Nossas instalações são ótimas. O senhor não trouxe a bagagem? Tudo bem. Podemos buscá-la mais tarde. O metrô funciona a mil maravilhas em Nova York. E eu estou à sua disposição. O que senhor precisar, eu posso arranjar.
Entramos na catedral, ela na frente, eu atrás. Passamos pela pia da água benta, onde a garota enfiou o dedo para fazer o sinal da cruz. Aproveitei para encher o meu cantil de reserva. Meu estoque estava quase no fim e não sabia quando seria a próxima vez que teria a oportunidade de entrar em uma igreja.
A nave estava repleta de visitantes. Católicos ou não católicos, turistas de todas as partes do mundo se aglomeravam no interior de seus paredões dourados atrás da proteção divina ou, quem sabe, expiar seus pecados. As imagens de santos misturavam-se aos vitrais e às placas comemorativas, espalhados pelas várias capelas. Na entrada, centenas de velas eram acesas pelos peregrinos.
A garota me levou para o lado oposto ao batistério, onde uma pequena passagem se abria para o pórtico da Rua 50, que era mantido trancado. Olhando para os lados, ela fechou a porta envidraçada da passagem.

— É melhor ter um pouco de privacidade — comentou, seguindo direto para uma das grandes colunas que sustentavam o imponente edifício.

Ela buscou uma chave que estava pendurada no pescoço e enfiou o pedaço de metal enferrujado num pequeno orifício entre a quarta e quinta pedra a partir do chão. Eu ouvi um barulho de ar encanado e uma passagem se abriu no chão de mármore.

Alguém menos experiente ficaria espantado com a abertura de uma passagem secreta no meio da Catedral de São Patrício, mas depois do que eu vi no Vaticano, aquilo só me causou um soerguer de sobrancelhas.

— Rápido, agora.

Não discuti e mergulhamos na escuridão. Logo depois, a passagem se fechou.

Uma lâmpada amarelada e esmaecida lançou um pouco de luz na escada, que descia cada vez mais para baixo.

— Achei que vocês usassem tochas — brinquei.

— Nós as substituímos quando desativamos as câmaras de tortura — ela respondeu e eu sorri, mesmo a piada sendo ruim.

Ela não sorriu de volta e, pela primeira vez, me senti um idiota. Não seria a última.

Começamos a descer e, depois de uns trinta ou quarenta degraus, perguntei.

— Estamos indo para a cripta?

— Não. A cripta e a sacristia subterrânea ficam embaixo do altar principal.

— Certo. E para onde vamos, afinal?

— Para a Pedra Angular.

Pedra Angular? Olho do Corvo? Este pessoal passava tempo demais debaixo das ruas.

Descemos por uns bons sessenta metros até encontrarmos uma grande porta de madeira.

Eu já estivera em mais subterrâneos do que gostaria de lembrar e todos eles eram mais ou menos parecidos: cheiro ruim, encanamentos apodrecidos, musgo crescendo aqui ou acolá, paredes de pedra, chão imundo, uma ou outra assombração, com um pouco de sorte, um demônio, ratos, sujeira e podridão. Era o que eu esperava.

Não podia estar mais enganado.

A porta nos levou a um amplo salão pentagonal que não faria feio aos mais requintados *halls* europeus. Havia castiçais, paredes de lambris, divãs, duas poltronas ossudas e alguns armários abarrotados de livros de capa de couro. No centro, uma grande pedra estava exposta em um suporte de mármore.

Minhas botas enlameadas e minha batina rasgada pareciam estranhamente deslocadas naquele lugar. Mesmo assim, me aproximei do pequeno monumento: havia uma caixa de metal incrustada na pedra, com as iniciais RJH.[5]

— A Pedra Angular — resmunguei.

— Sim. A pedra fundamental da catedral. Ela foi trazida para cá quando o refúgio foi construído — disse a garota.

— Por quem?

A garota apenas deu de ombros.

Virei o pescoço de um lado a outro. Além da porta por onde entramos, havia mais quatro entradas: uma grade de ferro, que parecia levar para algum piso inferior, duas bonitas portas de madeira encerada e um corredor escuro.

Ela me levou até a porta do meio.

— Este é o escritório. O Olho do Corvo está te esperando. Boa sorte.

E, com isso, desapareceu atrás das grades.

Boa sorte?

Aquilo me pareceu de mau agouro. Bati na madeira antes de girar a maçaneta e entrei.

---

[5] RJH são as iniciais de Reverendo John Huges, o bacanudo que lançou a ideia de construir a catedral. Infelizmente, ele passou desta para a melhor em 1864, quatorze anos antes da finalização dos trabalhos.

[19]

03. O Olho do Corvo

Havia um escritório atrás da porta. O local poderia ter pertencido a Charles Darwin ou Howard Carter, se algum dos dois tivesse trocado o interesse do passado longínquo pelo oculto. O escritório era grande e completamente desordenado. Pilhas de livros, anotações e recortes de jornais espalhavam-se por duas mesas de reunião e pelas paredes, onde armários até o teto sustentavam uma vasta biblioteca, além de uma peculiar e muito interessante coleção de artefatos estranhos. Ídolos, ferramentas mediúnicas e totens disputavam a duras penas o espaço contra pergaminhos e cadernos de anotação.

As palavras "Gabinete de Curiosidades"[6] tilintaram em minha mente, seguidas por *flashes* de visitas passadas a castelos e museus no Velho Mundo.

Mas o futuro também estava presente. Três tubos pneumáticos para trocas de mensagens estavam instalados atrás da escrivaninha de carvalho. Um teletipo tiquetaqueava de tempos em tempos e um grande aparelho de rádio amador ocupava boa parte de uma parede. Mais ao fundo, era possível ver um projetor Ampro de 16 mm. Dezenas de rolos de filmes pareciam estocados em um canto.

E, no centro de tudo isso, sentada atrás

> [6] Antes dos grandes museus, os tais Gabinetes de Curiosidades exibiam os objetos raros e estranhos encontrados durante a época das grandes explorações, principalmente nos idos séculos XVI e XVII. Às vezes, recolhiam mais do que imaginavam. Mais de um ricaço desocupado encontrou seu fim ao abrir um artefato amaldiçoado ou cantarolar encantamentos desconhecidos. A burrice ainda é a maior fonte de dor de cabeça para os que enfrentam o oculto.

de uma escrivaninha de carvalho pesada o suficiente para derrubar um Arcano, estava a minha misteriosa anfitriã, que eu só conhecia pelo simpático e enigmático apelido de Olho de Corvo. *Velha Encarquilhada* seria um nome muito mais próximo da realidade.

A mulher deveria beirar os oitenta e anos e não havia um só centímetro da sua pele que não estivesse enrugado. Aliás, não eram rugas. Pareciam rachaduras. Os seus movimentos eram um tanto erráticos — ela parecia tremer quando queria pegar alguma coisa — e a sua boca era torta. Os cabelos brancos, cortados curtos, pouco podiam fazer para esconder uma cabeça oval. Dizem que, com algum esforço, você pode encontrar os traços da formosura perdida pelos anos na face dos idosos.

Se houvesse algum ali, estava muito bem escondido.

No entanto, os seus olhos... *Caramba*!, ela poderia conter uma matilha de demônios alados com aquele olhar.[7]

Ela acenou para um assento e afundei o esqueleto em uma poltrona tão antiga quanto a dona. Sorri, sabendo que ela desaprovaria.

— Como devo chamá-lo? — ela perguntou.

Sua voz era rouca e autossuficiente. A voz de alguém acostumada a comandar e não ser questionada. Parecia a voz do meu pai e aquilo me irritou.

— Padre é o suficiente — respondi.

— Achei que tivesse largado a batina — ela comentou, unindo as pontas dos dedos.

— O Vaticano me expulsou, mas não estou pronto para largar o manto.

Percebi que um brilho divertido passou pelos seus olhos claros, mas o cintilar foi rapidamente obscurecido pelo ar severo. Ou ela precisava apenas piscar.

— Como quiser. Meu nome é Madame Dyer.

Madame Gelo seria um nome melhor, pensei. O nome não me era estranho, mas a velha resolveu poupar-me do esforço de me lembrar.

— Meu pai foi William Dyer, da Universidade Mikatônica.

Era claro![8]

— Aquilo foi intenso — comentei.

— Deve ter sido — disse ela, fria. — Meu pai quase enlouqueceu lá e o nome dado àquela parte da Antártica não poderia ser mais adequado.
— Não está pretendendo voltar às Montanhas da Loucura, está?
— Não está em meus planos imediatos, Padre. Mas tudo é possível neste nosso ramo.
— Isso é verdade — concordei, dando de ombros.
Acendi um cigarro. Ela não protestou e tirei uma baforada. Então, ela começou.
— Temos acompanhado seus esforços nos últimos anos. As atividades da sua *família*...
Ela fez uma pausa; se esperava que eu aproveitaria a deixa para discorrer sobre meus problemas familiares, estava redondamente enganada. Permaneci em silêncio e ela acabou desistindo e continuou.
— Bem, devo dizer que ela é bastante conhecida no meio.
— Eu fui espionado.
Não era uma pergunta. Era uma afirmação e a velha reagiu de acordo.
— Precisávamos verificar se você estaria à altura do trabalho.
— Por isso todas as dicas e o dinheiro? — insisti.
— Queríamos vê-lo em ação — ela admitiu, me encarando. — O dinheiro era apenas um meio para atingir os nossos fins.
Aquilo fazia sentido, de um modo um tanto torto e vil, o que não era de se espantar entre o nosso tipo de gente. Arrumei-me na poltrona e perguntei:
— O que querem comigo?

[7] Nota mental: nunca me encontrar com aquela mulher em um beco escuro.
[8] A fracassada expedição do geólogo William Dyer, organizada pela Universidade Miskatônica, era bem conhecida entre os que discutiam o oculto. Taxado de mentiroso e charlatão, fora expulso após divulgar as descobertas sobre as fantásticas ruínas na Antártica.

— Dar-lhe a oportunidade de fazer algo realmente importante para o mundo.
Nunca fui um sujeito particularmente orgulhoso, mas aquilo mexeu com meus brios.
— Não sou de me gabar, mas...
Ela dispensou minhas explicações com um gesto rápido.
— Você é bom no que faz, mas seu raio de ação é curto e as consequências de seus atos são, no máximo, discutíveis.
Afundei o cigarro no cinzeiro como quem enfia uma estaca num corpo ressequido.
— Eu derrotei a Cabala de Basseth! Desmascarei a Tribo de Papuas e expulsei as Bruxas de Fronte Ocidental!
A velha nem piscou.
— Isso não é um exercício de retórica. O seu poder é menos do que nada contra os verdadeiros inimigos. Ao enfrentá-los sozinho, você já está derrotado antes mesmo de iniciar a batalha. Não passa de bucha de canhão.
Aquele papo me deixou furioso, mas havia um fundo de verdade naquela ladainha. Minha família perseguia um daqueles monstros há séculos e eu estava tão perto de derrotá-lo quanto um *cowboy* de virar presidente dos Estados Unidos da América.[9]
Rosnei como um filhote de rottweiler acuado e ela continuou.
— Eu estou lhe oferecendo a oportunidade de jogar nas grandes ligas, se é que está me entendendo.
— Nunca me interessei por beisebol.
— Nem eu, mas o senhor é homem e...
Eu a encarei por um momento e ela inspirou novamente antes de continuar.
— Você tem salvado vidas há um bom tempo, Padre. *Sei* disso. Pessoas lhe agradeceram e, por um momento, você sentiu que seus esforços foram recompensados. Mas isso é apenas a ponta do *iceberg*. Há muito mais embaixo.
Rosnei novamente. Nunca gostei do mar e metáforas aquáticas me deixavam enjoado.

[9] N. A.: O Padre, obviamente, estava errado. Consulte Ronald Reagan na enciclopédia mais próxima.

— O que vocês querem? — perguntei, depois de uma baforada irritada.
— Está acontecendo algo grande, Padre. Há elementos estranhos...
— A senhora está falando sobre o Alasca? — interrompi.
— Admito que aquilo foi sinistro, mas...
— Não é *só* no Alasca — cortou ela. — Você precisa ver o panorama mais amplo.
Cruzei os braços, numa pose emburrada e um tanto infantil. Meu *pai* gostava de repetir isto. Dizia que eu não prestava atenção aos detalhes, que me concentrava apenas no aqui e agora e ignorava tudo que acontecia a longo prazo. Bom, normalmente era difícil ficar pensando em planos futuros quando um sanguessuga está querendo rasgar seu pescoço, mas, agora, sentado aqui...
Não!, disse para mim mesmo, recusando a papagaiada. Isso era uma grande bobagem.
— Olha, não quero parecer desrespeitoso, mas...
Ela fez um aceno rápido.
Não consegui completar a frase. Meu corpo foi jogado para trás e, subitamente, eu já não estava mais na sala.
Corrigindo. Eu não estava mais na sala *e* não estava mais na porcaria do meu próprio corpo. De alguma forma, estava revivendo meus sonhos. Ou pesadelos. Ou espiando realidades antigas.
Praga! Odiava estas coisas.
O fluxo incessante de antigos casos passava pelos meus olhos como um filme rápido e mal-acabado. A edição de arte era péssima e a trilha sonora, uma mistura de monstros gorgolejantes e gritos histéricos, não ajudava. Revi meus últimos meses, atravessando os Estados Unidos de costa a costa, cortesia da velha encarquilhada que estava — *estivera? estaria?* — na minha frente.
Aparentemente, a viagem psicodélica, cortesia da macaca velha, não tinha como objetivo rememorar os meus sucessos e fracassos. Mas, ao mesmo tempo, era o que parecia. De alguma forma, minha psique confrontava o passado de ângulos diferentes, como se meu cérebro fosse obrigado a ver tudo outra vez, procurando detalhes diversos.
"Procurando um panorama mais amplo."

Merda!
Estou em Providence, Rhode Island. Um escultor é acometido de pesadelos por duas semanas seguidas, moldando monstros disformes e horríveis em barro e argila. A mistura peculiar de suas novas obras incluía o sangue de moradores de rua degolados, o que, para a polícia, representava um apelo estético desnecessário. Achei que fosse uma possessão, mas, no final, era apenas mais um maluco imbecil e egocêntrico. Então, por que estava ali?

Estava andando pelo estúdio e meu outro *eu* confrontava o escultor, derrubando-o com um golpe de aikido (*Aquilo fora bom, mas precisava melhorar a técnica de agarramento*, pensei, analisando a mim mesmo). Sabia que o meu *eu* passado reviraria o lugar atrás de provas demoníacas e, quando não encontrasse nada, chamaria a polícia.

Afastei-me do meu outro *eu*. Havia algo ali... Algo que não notara antes. Fui atraído para o canto do estúdio como um farol negro. Entre os moldes e restos de argila e barro havia uma escultura baixa, de uns trinta centímetros apenas, muito menor do que as anteriores, mas infinitamente mais antiga. Não sabia dizer o porquê, mas tinha certeza de que aquilo fora esculpido em eras ancestrais. Por que não a percebi antes? Lembrava-me de ter examinado detalhadamente cada um dos monstros de barro e sangue, mas aquela escultura me escapara completamente.

Talvez tenha me deixado levar pela magnitude das macabras esculturas do artista maluco para prestar atenção.

Em algum lugar da minha mente, o meu pai sorria.

Desgraçado.

Percebi a malignidade da pequena estátua. Uma língua críptica resmungava palavras incompreensíveis em sua base, sustentando uma figura titânica, de olhos fendidos, a cara cefalópode e asas...

Saí. Fui jogado para outro lugar e outro tempo. Estava em outro caso, em Boston, Massachusetts. Dois poetas disputam a preferência de seus leitores. Uma só cidade, dois jornais. A guerra das palavras acabou em tragédia quando os dois se encontram em um restaurante. Retrospectivas verbais dão lugar a acusações sem sentido, até chegarem às vias de fato. Eram dois homens franzinos, mas a cólera era grande demais. O banho de sangue terminou com os dois mortos e mais três feridos. Fui chamado uma semana depois, quando os espíritos dos dois rivais continuavam a perturbar as redações dos jornais, com sugestões de pautas, correções estilísticas e comentários sarcásticos. Foi um esconjuro relativamente simples, depois que os convenci que poderia mandá-los ao mesmo tempo para a terra dos pés juntos.

Mas não foi para o velho Forest Hills[10] que fui levado. Estou no apartamento do primeiro escritor. Meu *eu* passado está procurando algum objeto íntimo para utilizar no ritual. *Ele* vasculharia gavetas e armários até encontrar uma foto de uma antiga paixão. Aquilo serviria, lembro de ter pensado, com um sorriso cínico.

Enquanto *ele* vasculhava os pertences do falecido, notei uma caderneta que descartara rapidamente. Ao examiná-la agora, reconheci imediatamente os mesmos caracteres ancestrais da estátua. Os mesmos hieróglifos crípticos. Mas o que significam tais linhas? Que língua...

Outro puxão. Outro caso. Dois meses atrás, em Cross Plains, Texas. Uma mulher enlouquecida matou o marido, os dois filhos e os pais. Alegou à polícia que precisava protegê-los do mal imorredouro que se aproximava. Em seu depoimento, disse que eles estavam em paz. De forma bastante compreensível, o xerife não se comoveu e a trancafiou atrás das grades. Fora ele que a encontrara, deitada junto aos mortos, os longos cabelos vermelhos encharcados do sangue ocre.

Durante o longo julgamento, ela nunca pareceu estar convencida do motivo de estar sendo acusada. Murmurava repetidamente que ela apenas os salvara. Um pouco antes da sentença, a mulher surtou.

O médico designado para o caso era católico e achou que se tratasse de uma possessão. Ele chamou um pároco que, por acaso, era um antigo conhecido dos meus tempos de lacaio do Vaticano. Ele me contatou e, ao chegar, vi os sinais claros de uma possessão demoníaca. Aprontamos o ritual e fizemos o exorcismo, mas a mulher nunca recuperou a sanidade completa. Possuída ou não, ela matara

[10] N. A.: Cemitério de Forest Hills, um dos mais antigos e tradicionais cemitérios de Boston.

todos a quem amara. Não dá para culpá-la por ficar com um parafuso a menos, certo? Até onde sei, ela permanece presa em uma cela psiquiátrica de um hospital em Houston.

Mas o que deveria procurar ali? Estava revivendo o ritual em que o meu *eu* passado e o pároco rezavam junto à cama, invocando a proteção divina e tentando afastar o demônio. Ela berrava e gritava, balbuciando coisas sem sentido. Não prestara atenção, na época. Esta é primeira regra de um exorcismo: *nunca* prestar atenção às palavras do demônio!

No entanto, eu a ouvia agora. Protegido pelo manto do tempo, pude ouvir atentamente a voz da mulher. Era algo ininteligível, maligno e antigo. Se houvesse uma fonética própria para homens e bestas, era assim que eu imaginaria uma pessoa regurgitando as palavras demoníacas. Eu não sei dizer como ou por quê, mas agora eu a entendia. De alguma forma, o que eu ouvi eram as mesmas palavras que encontrara na caderneta do poeta. Eram as palavras crípticas da escultura bestial. Mas agora elas tinham uma voz, um sentido.

Ph'nglui mglw'nafh Cthulhu R'lyeh wgah'nagl fhtagn.

Uma nova sacudida, uma dor excruciante, um baque nas costas, e estava de novo na sala da Madame Dyer, suando como um condenado prestes a ser eletrocutado, tremendo e balbuciando. Meu cigarro caíra no chão, apagado.

— Que... Que merda foi esta?

— Muito obrigada, Moura.

Tive um choque ao perceber a silhueta de uma mulher se levantar ao meu lado e desaparecer atrás da porta. Ela sempre estivera ali? Ou aparecera depois que fui jogado nos confins das minhas lembranças? Como não a vi antes?

Merda!

Estava precisando de um cigarro e Madame Dyer foi suficientemente pacienciosa para esperar que eu acendesse a chama com os dedos trêmulos.

— O que foi que eu vi? — consegui resmungar, mantendo os olhos na pequena brasa e evitando deliberadamente encarar a velha.

— Uma visão mais ampla.

Compreensivelmente, perdi a paciência.

— Visão mais ampla é o cacete! O que aquela mulher estava gritando?
— A ruiva assassina de Cross Plains? — ela perguntou, recebendo a resposta do fundo dos meus olhos baços. — A linguagem críptica, você a reconheceu?
Balancei a cabeça em negativa
— Eu estudei lemuriano, telúrico e boa parte dos dialetos dos Primeiros Homens — rosnei. — Sou uma droga como tradutor, mas sei reconhecer os fundamentos da linguística arcaica. Eu nunca vi ou ouvi nada parecido com aquilo.
Ela ergueu as sobrancelhas.
— Nem poderia. A língua que ouviu não foi criada por humanos.
— Uma língua demoníaca? — perguntei.
— Mais antiga, Padre — ela respondeu, encarando-me com seus olhos frios. — E mais terrível.
— E você a entende?
Ela suspirou.
— Não. Ninguém pode. É uma língua morta, de coisas mortas. Mas o significado chegou até nós.

"Na cidade ciclópica de R'lyeh, Cthulhu dorme.
E sonha".

04. Humphrey Lovecraft

Esperei que Madame Dyer continuasse e fizesse a sua grande revelação, mas, no final, era só aquilo mesmo. Não escondi o desapontamento.
— Só isso?
— Sonhos que podem transformar homens e mulheres em assassinos. Sonhos que perturbam a humanidade há séculos.
Ela pegou um cigarro (*risquei um fósforo*) e o prendeu em uma bela piteira de marfim. Então, virou-se para mim, depois de baforar umas duas vezes.
— Dificilmente poderia chamar de *só isso*.
Tive que concordar. Suspirei fundo e consegui me acalmar.
— O que estamos enfrentando?
— O Horror — disse ela, num misto de rosnado e chiado que parecia querer engolir tudo e a todos a sua volta. Entendi o que Nietzsche quis dizer.[11]
Pensei por um momento, mas aquele nome não queria me dizer nada.
— O Horror? Quem é ele? Um demônio?
O sorriso de sapa velha se alargou.
— O Horror manifestado. A sensação de espanto e repulsão por algo medonho.
Tirei o capelo e cocei a cabeça. Ela entendeu minha confusão e retomou.
— Pense no seu último caso, Padre. No Alasca. Houve sobreviventes, não?
— Sim. O que foi algo bom, para variar.
— Depende do ponto de vista.

[11] *Quando se olha muito tempo para o abismo, o abismo olha para você. Friedrich Nietzsche, falando sobre os horrores de lutar contra monstros. Acredito que ele falava metaforicamente, o que não é o meu caso.*

Todos os meus instintos piscaram e me retesei na poltrona. Aquilo estava perigosamente se aproximando dos ensinamentos do meu *pai*. Quis deixar meu desconforto bem claro.

— Estou aqui para salvar pessoas, não as matar. Se o seu grupelho...

Ela me interrompeu *novamente*.

— Comungamos do mesmo sentimento, Padre. Só estava expondo um ponto de vista.

— Que seria? — insisti, erguendo uma sobrancelha.

— Acreditamos que o grupo que está por trás disso busque fomentar o Horror.

— Como é que é?

— O Horror, Padre — ela repetiu, impaciente. — O pânico. E isso só é possível com sobreviventes. Sua história vai se espalhar.

A encarei, incrédulo.

— E qual seria a sua sugestão, Madame? — perguntei, em tom irônico. — Empalamento? Ou, talvez, apenas deixá-los queimar com o resto dos malditos?

— É claro que não — respondeu ela, rispidamente. — Mas isso não importa. Os sobreviventes vão contar suas histórias para os vizinhos, que vão contar para os amigos. O Horror vai aumentar um pouco.

— Bem, cautela e canja de galinha nunca fizeram mal a ninguém.

— Provérbios da sua avó?

— Propaganda de caldo em pó.

Foi a vez de ela rosnar. Ponto para mim.

— Do que consiste esse Horror? — perguntei.

— Não temos certeza. Nossa compreensão é esparsa. Nesse assunto em particular, eu contratei a ajuda de um especialista.

Ela apertou um botão escuro em uma caixa de madeira lustrosa, repleta de botões de todas as cores. Ouvi um sinal baixinho e, pouco depois, a porta se abriu e um rapaz esguio e com um par de óculos finos se aproximou. Ele vestia uma calça amarrotada de segunda mão, uma camisa remendada e trazia uma pasta grande e escura nas mãos. O garotão poderia ser facilmente confundido com um dos coroinhas que enxameavam os corredores da Abadia de Westminster se, por acaso, o abade Gregory aceitasse negros em seu rebanho.

Madame Dyer fez as devidas apresentações.
— Padre, este é Humphrey Lovecraft. Eu o convidei para que viesse trabalhar conosco nos últimos dias.
— Bom dia, Padre.

O examinei novamente. Lovecraft era um garotão que parecia um menino, com suas roupas pequenas demais, cabelos curtos demais, voz desengonçada demais e a aparência desleixada de quem acabara de acordar e não sabia se deveria ter ficado dormindo.

— Lovecraft? — repeti, erguendo uma sobrancelha, reconhecendo o sobrenome.
— Sou filho de Howard Phillips Lovecraft, senhor. Adotivo, é claro — disse, acrescentando uma informação que eu não pedira. Sua voz era riscada, rápida e submissa.

Não gostei daquilo.
— Não sabia que Lovecraft tinha um filho — disse, desconfiado.
— Ninguém sabia, senhor — disse ele, em um tom seco.
— Fui seu assistente e cuidei do seu espólio. Foi uma surpresa encontrar os papéis, Padre. Uma surpresa muito grande.

Ergui a outra sobrancelha, mas foi Madame Dyer que me socorreu.
— Howard nomeou Humphrey seu único beneficiário e herdeiro. Além disso, instruiu seus advogados a darem prosseguimento a uma petição de adoção, previamente assinada, o que foi seguido à risca. Humphrey só descobriu os arranjos do *pai* após a leitura do testamento.
— Algo incomum — falei, só por dizer.
— Meu pai era um sujeito incomum, senhor.
— Então, temos algo para podermos beber juntos, filho.

O garotão me encarou como se eu tivesse me transformado em uma harpia veneziana.
— Eu não bebo, senhor — disse, baixando os olhos.
— Padre é o suficiente — resmunguei de volta, desapontado. — Bem, a Madame aqui me fez acreditar que você sabe alguma coisa sobre este Horror. E então?

Ele se virou para a sapa velha, que fez um aceno. O garotão sentou na ponta de uma cadeira, como um cachorrinho bem treinado. Ele pigarreou antes de começar.
— Meu pai... ele se tornou uma espécie de especialista no

assunto, senhor.
— Já disse para deixar de lado este papo de senhor — rosnei. — Ele estudava o oculto?
— De forma superficial, puramente superficial — disse, enfatizando a questão. — Ele era um artista e buscava inspiração. Apenas isso, senh... Padre.
Assenti[12] e ele inspirou profundamente antes de continuar.
— Ele se deparou com trechos obscuros em tratados antigos. Colecionou notícias e relatos. Misturou o que podia, alterou datas e acrescentou muita coisa. Sua preocupação era somente estética. Puramente estética.
Voltei a assentir, observando os modos do garoto. Ele falava tanto com os lábios quanto com as mãos. Parecia um erudito, o que não era de se estranhar, se trabalhara tanto tempo com o pai adotivo. Quanto ao que dissera, bem, isso não era nenhuma novidade. Poetas e artistas viviam alterando o que não sabiam para vender a um público cada vez mais sedento de sangue.
— Mas algumas coisas eram perturbadoras demais para serem publicadas — ele continuou após um breve silêncio, balançando a perna esquerda nervosamente. — E meu pai foi assombrado por isso pelo resto de sua vida. Não tenho dúvidas de que suas doenças foram provocadas por estes segredos. Elas pareciam se alimentar dos seus temores.
Arrisquei uma olhadela para Madame Dyer, que apenas me encarou.
— E que coisas seriam estas?
O garotão Lovecraft agarrou ainda mais a pasta que

[12] Não era a primeira vez que artistas, poetas e músicos buscavam no oculto a sua inspiração. Na maioria das vezes, o resultado era prosa ruim ou música de péssima qualidade, mas, vez ou outra, um deles encontrava algo verdadeiro para inspirá-lo. Não é à toa o número absurdo de suicidas entre eles.

trazia a tiracolo, como se temesse que eu a arrancasse com um safanão. Ele engoliu em seco antes de continuar.

— Meu pai acreditava que o Grande Antigo adormecido arrebanhara uma seita de seguidores que se espalharam pelos cantos mais obscuros do mundo. Uma religião degenerada e hostil, que sobreviveu nas últimas eras apenas pela sua força de vontade. Sacrifícios humanos e rituais macabros se tornaram comuns entre eles, Padre.

— Malucos em volta de uma fogueira — comentei.

Lovecraft confirmou com um gesto e fechou os olhos, como se imagens do que eu sugerira estivessem boiando em sua mente. Terminei o cigarro.

— Bem, e o que buscam estes membros produtivos da sociedade?

— Despertar o Grande Ancião[13], que traria seu jugo sobre a Terra. É o que meu pai dizia.

Virei-me para Madame Dyer.

— Isso é tão ruim quanto parece?

---

[13] Mais tarde, me peguei pensando sobre tudo isso e quase caí fora de nossa pequena agremiação. Eu tinha um preconceito saudável contra tudo aquilo. Estava acostumado a lutar contra zumbis, sanguessugas, lobisomens carniceiros e outros tipos com um variado número de patas, olhos e apetites. Mas monstros antigos e inomináveis? O que aquilo queria dizer? Seria uma espécie de dinossauro dos monstros atuais? Comentei o caso com o bibliotecário que trabalhava na Irmandade, mas Abdul apenas me respondeu com um soerguer das sobrancelhas e me mandou estudar. Me senti na quinta série novamente.

— Pior — respondeu ele, chamando minha atenção novamente e parecendo exaltado. — Satã, Lúcifer e a própria Escuridão são apenas diabetes perto do poder do Grande Ancião, Padre.

Seus óculos escorregaram para a ponta do nariz. Tentei sorrir, mas meu rosto estava marcado pela preocupação e o esgar que abri deve ter sido um tanto quanto pavoroso, pois o garotão se encolheu na cadeira quando falei.

— Agora, isso parece estúpido — retruquei, pois não engolira a história toda. — Anda estudando demais, garoto.

— Eles são fanáticos — insistiu o jovem Lovecraft. — E querem libertar o seu deus degenerado. Eu... meu pai tinha certeza disso.

— E por que agora? E aqui?

— Esta não é a sua primeira tentativa — interviu Madame Dyer. — No final da década de 1920, eles tentaram despertar o Grande Ancião, mas fracassaram. Lovecraft presenciou tais fatos.

Assenti com a cabeça, compreendendo.

— E agora?

— Acreditamos que eles estejam tentando novamente — respondeu ela. — A lenda fala de uma chave para a cidade ciclópica e uma particular disposição das estrelas. Quem a possuir, pode despertar o Grande Antigo.

— Deixando a astrologia de lado, o que sabemos sobre esta chave? — perguntei rapidamente, tentando me desvencilhar de toda aquela ladainha. — É um ritual? Um artefato? Um encantamento?

— Envolve um ritual e tenho quase certeza de que é necessário um encantamento, mas temos uma teoria diversa para a chave, senhor — respondeu o jovem Lovecraft, ignorando meu pedido anterior. — Meu pai achava que é necessária uma certa... predisposição global.

Acendi um novo cigarro e pisquei, meio aturdido. Certamente não entendi o que acabara de ouvir.

— Você quer dizer que nós precisamos *querer* a destruição do mundo? — disse, tamborilando os dedos no encosto da cadeira.

— Não colocaria nestas palavras exatas, mas, sim, s... hã... Padre. Algo parecido com isso.

Assobiei, desgostoso.
— Certo, as pessoas estão mais loucas do que de costume, admito — disse, dando de ombros. — Talvez seja o fim da guerra. Ou estes filmes de *cowboy* americanos. Vocês não sabem fazer outra coisa?

Madame Dyer ignorou minhas brilhantes contribuições ao tema e tomou a palavra.

— O que eles estão provocando, se estivermos certos, é o aumento do Horror, Padre. O medo os alimenta. Quanto maior o medo do desconhecido, mais perto eles ficam dos seus objetivos.

— Os sobreviventes no Alasca — comentei e ela assentiu.
— Exato. Os atos públicos e os julgamentos são suas armas. A quebra da confiança do homem no próprio homem.
— E quem são esses caras? — perguntei.
— Não sabemos.
— Vocês não sabem muita coisa, sabem? — murmurei.
— É impossível unir todos os detalhes. Acredito que é isso que nos torna racionais. Talvez perdêssemos a cabeça se pudéssemos entender tudo isso — ela replicou.

Pensei no meu *pai*, mas desprezei tal lembrança. Provavelmente sentiria pena, e aquele velho asqueroso não merecia a pena de ninguém. Resolvi ir direto ao ponto.

— E quem nós devemos eliminar?
— Nem tudo pode ser resolvido com uma bala.
— Concordo — respondi de bate-pronto. — Às vezes, prefiro uma navalha. É mais elegante e silencioso.

Ela me encarou por um momento e eu me senti um idiota, pela segunda vez no dia. Não era o meu recorde[14], mas era

---

[14] Na minha primeira missão como operativo do Vaticano, precisei enfrentar um *frit* astuto sob a supervisão de um tenente da Guarda Suíça. Ainda não sei como saí vivo. O meu supervisor teve um ataque nervoso e precisou tirar longas férias. Até hoje, acho que minha aprovação só veio porque ele tinha medo de ter que me supervisionar novamente.

suficientemente ruim para me deixar de mau humor.
— O mal que estamos enfrentando é mais sutil — ela disse.
— Este não é o meu forte — resmunguei, puxando uma baforada.
— Obrigada pela informação. Nunca poderia deduzir isso sozinha.
Pisquei um olho para a velha.
— E o que você pretende, vovó?
Madame Dyer suspirou e fez um novo aceno para o rapaz. Lovecraft fez uma profunda reverência, o que me deixou mais desgostoso, e saiu pela porta.
— Monitoramento — respondeu ela, quando ficamos a sós. — Sociedades secretas têm sido financiadas por dinheiro privado há muito tempo. Seus motivos são estranhos e, muitas vezes, perigosos. E há mais pessoas interessadas nessa questão.
Ela deixou de lado a piteira e cruzou os dedos sob a mesa.
— Todas as superpotências mundiais têm realizado experimentos com o oculto. A quase derrocada das forças aliadas na última guerra levantou o sinal de alerta. Pesquisas são conduzidas nos cantos mais obscurecidos do mundo e os resultados são imprevisíveis.
— E o que isso tem a ver com esta papagaiada toda? — insisti.
— Estamos falando de um grande poder aqui, Padre. Um poder descomunal. Homens importantes estão inquietos. E o nervosismo não costuma ser um bom conselheiro.
Sorri. Não foi um sorriso bonito.
— Então, vamos enfrentar uma seita secreta maluca e o exército americano? — perguntei, incrédulo.
— E o soviético, o alemão, o inglês, além de inúmeros outros.
Gargalhei.
— Isso é loucura.
— Nunca disse que seria fácil. Afinal, a nossa pequena associação é clandestina.
Aquilo me deixou pensativo. Lancei um aceno para o escritório.
— Quem paga por tudo isso?

— O nosso benfeitor prefere se manter incógnito. Mas ele é um grande homem e tem um interesse especial em nossa causa.

Todos os meus instintos brilharam como uma árvore de natal daquelas lojas caras da Quinta Avenida.

— Por quê?

A velha me encarou com seus grandes olhos brancos por um longo momento antes de falar.

— Ele sofreu uma *perda* por causa de um experimento perpetuado pelo Consórcio da Tríplice Entente durante a Primeira Grande Guerra. Ele percebeu, então, que os estudiosos do oculto devem ser monitorados. Quer evitar que mais pessoas sofram.

Foi a vez de ela dar de ombros. Gostei um tiquinho mais dela depois disso.

O suficiente para matá-la por último, se chegasse a esse ponto.

— Isso é impossível — retruquei. — O sofrimento não pode ser eliminado.

— É um bom propósito, de qualquer modo. Ele tem coordenado esforços no combate ao uso indiscriminado do arcano — ela disse.

— Estamos embaixo de uma igreja — retruquei, mencionando o óbvio, para deixar claro meu desconforto.

— Apenas por conveniência. Parte dos túneis foi descoberta quando da construção das novas linhas de metrô. As instalações foram construídas aqui, pois o solo é consagrado. Isso evita visitas indesejadas.

Havia *muito* mais naquela história. Podia sentir nos meus ossos, mas sabia que não adiantaria perguntar abertamente. Seria a mesma coisa que pedir para ser expulso dali e, na verdade, tinha que admitir que estava curioso sobre aquela história dos Grandes Antigos. Poderia tentar descobrir a verdade mais tarde, se sobrevivesse a tanto.

— E quem faz parte desta pequena associação? — perguntei.

Um ricto apareceu nos lábios da velha.

— Se, como imagino, você estiver aceitando a nossa tutela, deve saber que este é um caminho sem volta. Você nunca poderá falar com ninguém sobre a nossa existência. É um

compromisso para toda a vida.
— Estou acostumado — disse, passando os olhos pela minha batina.
— Então, está na hora de conhecer os demais operativos — ela disse, puxando uma pilha de fichas que deixara previamente preparadas em cima da mesa. — Estes são os membros atuais da Irmandade do Olho do Corvo.
Peguei as pastas e passei os olhos pela primeira ficha:

> Nome operativo: Golem
> Nome verdadeiro: não se aplica
> Data de criação: 18/04/1933
> Local de nascimento: Sede da Irmandade
> do Olho do Corvo.
> Características físicas: Força sobre-humana.
> Invulnerabilidade ao fogo.
> Não precisa de ar para
> respirar. Imortal (?).

— Um *golem*? — perguntei, levantando os olhos da ficha.
— O *Golem* — ela me corrigiu. — Ele foi criado pelo Rabino Loew para uma missão em Praga, mas a coisa saiu tremendamente errada. Tivemos sorte em escapar com vida, mas o Rabino se foi. E ele era o único que sabia como destruir *Golem*.
— Destruí-lo?
Ela aquiesceu, mas parecia visivelmente incomodada.
— Ele era um gigante descerebrado, que só sabia obedecer a ordens. Por sorte, eu estava com o Rabino quando ele morreu e o homem de barro achou que eu fosse a sua nova dona. Consegui convencê-lo a voltar para casa.
Ela pareceu cansada.
— Estudamos o Talmude e todos os velhos escritos. Os Livros Apócrifos e os Treze Grimórios Esquecidos. Tentamos apagar as letras de sua testa com água, ácido, chamas e o que mais você puder imaginar. Nada disso adiantou. O que foi?

Eu devia estar fazendo uma cara muito estranha, realmente.

— Não sei o que mais me apavora: o fato de vocês não saberem como pará-lo, ou terem tentado destruí-lo desde então.

— Cessamos as tentativas algum tempo depois — ela disse, me encarando. — E *Golem* evoluiu. Não é mais uma besta descerebrada. Especializou-se em coisas diversas.

— Tipo? — insisti, erguendo uma sobrancelha.

— Assassinatos. Desmembramentos. Demolição em geral. Ele tem um cutelo e adora usá-lo.

— Um sujeito simpático.

— Na verdade, ele me dá nos nervos.

Aquela confissão me desconcertou por um momento. Não esperava por aquilo. Ainda não sabia qual era o joguinho da Madame Gelo, mas sabia que havia mais naquele convite do que ela dissera. Mas, por enquanto, me contentei em baixar os olhos para ler a próxima ficha.

Nome operativo: Moura

Nome verdadeiro: Princesa Murjan-ar-Rahman

Data de nascimento: Século IX

Local de nascimento: Salamanca (Espanha)

Características físicas: sua magia provém de um rubi místico incrustado em sua testa. É capaz de regenerar partes do próprio corpo. É uma lutadora hábil e feroz. Pode mudar a própria forma, parecendo mais velha ou mais jovem. Tem escamas atrás da orelha e em outras partes do corpo.

— Outras partes do corpo?
— Não seja indiscreto.
Dei de ombros e, no momento seguinte, me dei conta de uma coisa.
— Foi ela que esteve aqui, não?
— O seu rubi místico permite que ela interaja com os sonhos, Padre — ela disse, parando por um momento antes de continuar. — Moura é uma mulher complicada. Eu recomendaria cautela.
Tinha acabado de saber que havia um *golem* com tendências homicidas no grupo e ela me recomendou cautela com a *princesa*? Confesso que aquilo aguçou minha curiosidade.
— Por quê?
Ela virou para mim depois de baforar umas duas vezes.
— Moura era uma princesa no Califado de Córdoba, na Espanha. Quando as forças de Alfonso VI de Leão e Castela invadiram o território, ela fez um pacto com o Rei Lagarto para salvar o próprio povo e gastou boa parte da magia do rubi conduzindo-os até o litoral. Muitos retornaram para a Península Arábica ou emigraram para a África, mas a princesa, disfarçada como uma velha curandeira, permaneceu na Espanha por mais 500 anos. Eventualmente, ela acabou indo para o sul do Brasil, onde se estabeleceu. Lá, se apaixonou por um sacristão brasileiro há uns três séculos. Os padres descobriram tudo e condenaram o pobre garoto à morte. A Princesa foi aprisionada com o corpo do amado em uma gruta no Cerro do Jarau.

Se aquilo deveria me chocar, a vovó perdeu seu tempo.
— Qual foi a natureza do pacto com o Rei Lagarto?
— Ela lhe deve um favor.
Estremeci.
— Entendo.
Madame Dyer ergueu uma sobrancelha para mim antes de continuar.

— Meu pai a encontrou quando voltava da fracassada expedição à Antártica. Ele conhecia a lenda e decidiu investigar. Moura se comprometeu com a causa dele, mas manteve-se afastada do clero desde então.
— Já tive amigos piores — disse.

— Que poderiam lhe arrancar os olhos com as unhas?
— Não. Na verdade, não — admiti.
— Leia o último.
Obedeci.

> Nome operativo: *Não tem*
> Nome verdadeiro: *Humphrey Lovecraft*
> Data de nascimento: *31/03/1928*
> Local de nascimento: *Nova Orleans*
>
> Características físicas: *saúde debilitada*

— O garotão adotado — resmunguei. — Você quer torná-lo um operativo?
— Ele é imprescindível — respondeu ela, taxativa. — Seu conhecimento sobre os Grandes Antigos é único.
— Ele é inexperiente e se comporta como um moleque de recados — retruquei.
— Ele precisa de aconselhamento.
Ergui uma sobrancelha, grunhi por um momento e, então, a ficha caiu como um raio.
— Espere um momento! Você quer que eu seja o *babá* do moleque?!
Juro que ela abriu um sorrisinho.
— Nada tão prosaico, Padre. Precisamos de um protetor.
— Um guarda-costas? Ótimo! Já me sinto bem melhor — respondi sarcasticamente.
— Seus sentimentos não me interessam — disse ela, de forma direta e crua. Gostei disso, mas não deixei transparecer. Precisava manter minha fama.
Ela suspirou.
— Estamos em grande perigo, Padre, e nossa melhor aposta é um rapaz disposto a provar seu talento que, infelizmente,

parece ser pouco. Além disso, a natureza de nosso trabalho é peculiar. Você tem uma concepção de vida e morte que Lovecraft não compartilha.
— Eu já vi muita coisa.
— Imagino que sim — concordou ela.
Não havia um pingo de piedade em sua voz. Era apenas o reconhecimento de um fato.
— Nós enfrentamos seres de todos os tipos, mas, seguidamente, combatemos pessoas. Magos, feiticeiros, bruxas ou mesmo cientistas que buscam no arcano as respostas pelas quais anseiam suas almas apodrecidas. Mesmo os imbecis que encontram tomos perdidos em cabanas no meio do mato não podem ser ignorados. A estupidez é uma desculpa execrável como qualquer outra. Eles podem ser perigosos, Padre.
Já sabia de tudo aquilo, claro.
— Entendo. No nosso ramo de trabalho, algumas pessoas merecem morrer. E aí?
— Nem sempre podemos ter escrúpulos — ela continuou, remexendo-se na cadeira. — Lovecraft é um rapaz excelente e tem muita sede de provar seu valor. No entanto, compartilha um conceito de moral que aprendeu com as tias do pai. Neste quesito, admito, ele é muito fraco.
— Não sei se estou entendendo.
Ela me encarou.
— Eu estou muito velha para ir a campo. A equipe precisa de um líder e o rapaz precisa de um professor.
A ideia me atingiu como uma bofetada.
— Espere um pouco...
— Golem é um ótimo soldado — ela cortou, largando a piteira. — Segue ordens como ninguém. Mas um líder precisa improvisar. A Moura é instável. É capaz de verdadeiros atos de bravura, mas tem um gosto particular pelo sangue inimigo. Lovecraft tem o conhecimento necessário para ser um líder, mas deixaria todos morrerem antes de destruir uma criatura viva. Preciso de você.
Antes de protestar, joguei o toco do cigarro em um cinzeiro de prata que poderia pagar pelo meu último apartamento.
— Nunca liderei uma equipe! Sempre trabalhei sozinho!
— Sua família combate o arcano há séculos, Padre. Você é inteligente o suficiente para saber quando deve enfrentar o

inimigo e esperto o bastante para fugir quando a situação for insustentável. Não estaria vivo até hoje se não fosse por isso.
Foi um bom elogio, mas não me convenceria tão facilmente.
— Estou chegando agora — argumentei. — Eles nunca vão me aceitar como líder.
— Eles vão aceitar o que *eu* disser — ela rosnou, e não havia como duvidar do tom daquelas palavras. — Principalmente Golem.
— Certo. Golem acata ordens. Mas e os outros?
— Lovecraft sabe que não pode ser o líder. E a Moura... Bem, ela nunca quis assumir um papel de destaque, nem quando trabalhou com o meu pai. Claro, se você não fosse um Padre, a questão seria mais fácil, mas não podemos ter tudo o que queremos.
— Não. Acho que não — admiti, falando mais para ter alguma coisa para falar.
Então era isso, pensei, irritado. O que havia por trás do convite da Madame Gelo.
Praga!
— Você sabe que tudo isso pode acabar em um grande saco de bosta, não sabe? — perguntei.
— Não usaria este conjunto de palavras em particular, Padre, mas esta é a natureza do nosso trabalho — disse ela, terminando o próprio cigarro.
Remexi-me na cadeira, incomodado. Não queria dar uma resposta ainda e precisei ganhar um tempo.
— Todos moram aqui?
— *Eu* não moro aqui. Venho ocasionalmente, quando é necessário. Mas os outros operativos têm residência na base da Pedra Angular. Um quarto o espera.
— E se eu não aceitasse?
Ela lançou um olhar para uma volumosa pasta de couro.
— Eu o conheço, Padre. Apostaria sem pestanejar uns dez anos da minha já avançada velhice que você vai aceitar o nosso convite.
— Então, somos nós quatro...
— Seis — ela me corrigiu. — Temos mais dois residentes. A primeira você já conheceu, Cláudia Tesla.
— A menina tagarela — eu disse e Madame Dyer confirmou.

— Ela é uma engenheira excepcional. Cláudia tem um dom para lidar com máquinas.
— Certo. E o segundo?
— É um arquivista, Abdul Alhazred. Ele é responsável pela pesquisa e armazenamento de nossos tomos e artefatos.
— E o que ele tem? Uma memória ampliada por algum feitiço?
— Um diploma de Harvard.

Ficamos nos encarando por alguns bons momentos. Eu estava cheio de perguntas, mas sabia que precisava tomar uma decisão.

Meu aceno foi quase imperceptível.

Ela abriu o primeiro sorriso do dia.

— Bem-vindo à Irmandade do Olho do Corvo.

E eu soube que me arrependeria daquela decisão.

05. Chinatown

Retornei no outro dia para a tal base da Pedra Angular com toda a minha bagagem que, na época, se resumia a duas malas repletas de livros, meia dúzia de batinas, uns doze colarinhos encardidos, três chapéus, duas FN 1910 com balas prateadas[15], algumas estacas talhadas no meu tempo vago, a KATANA e a minha velha e desgastada Bíblia de Jerusalém.

    Encontrei novamente a garota, Cláudia Tesla, na frente da Catedral de São Patrício. Aparentemente, mesmo sendo o líder imposto daquela patota, eles ainda não confiavam em mim o suficiente para me mostrar como entrar ou sair daquele lugar.

---

[15] Desde que deixei a tutela do meu pai, nunca tive grana para confeccionar balas de prata, então me contentava em banhar a munição normal com prata derretida. Dava quase no mesmo, a não ser que enfrentasse um dos maiorais. A questão toda se resumia a achar a prata. Uma vez, passei a temporada de verão trabalhando como garçom em festas de grã-finos para surrupiar os talheres, mas acabei me dando mal. Um empresário pulha e arruinado, que sustentava as aparências para tentar achar um cazamento de ocazião para a filha, substituíra a prataria por garfos e facas de alpaca. Mais tarde, quase acabei morto por um Wendigo solitário depois que o varei com duas saraivadas de balas, sem o menor efeito.

Cláudia não parou de tagarelar até alcançarmos os subterrâneos.

— Há muitos demônios na Europa? — Já esteve na Antártica? — Moura me convidou para conhecer a Espanha! Deve ser fantástico! Assim que juntar uma graninha, eu... *Pelo Arcanjo Gabriel!*

Agradeci aos céus quando chegamos à Sala da Pedra — mais tarde, fiquei sabendo que o lugar se chamava Pentágono da Oração Penitente, mas Sala da Pedra sempre me pareceu mais apropriado. Havia alguém lá.

Ou algo.

Era o *Golem*.

Não estava acostumado a conversar com entidades. Normalmente, deixava as minhas duas pistolas falarem por mim, mas imaginei que esta não fosse a melhor abordagem para a ocasião. Ele estava de costas e vestia um capote cinza.

— E aí? Você é o tal *Golem*?

Ele se levantou com uma revista nas mãos. *Caramba!* O cara era grande. Muito grande. Sua cabeça roçava no teto. Ele precisou desviar das lâmpadas amareladas quando se aproximou.

Dei um passo para trás, mesmo sem querer.

— Não gosto de padres.

Encarei as duas fendas negras que existiam no lugar dos olhos. Não havia misericórdia nelas.

— Não ligue para ele, Padre — disse Cláudia. — É o seu jeito de dizer olá.

— Não gosto de engenheiras espertinhas também.

— Também te amo, fofo — e deu um soquinho de leve no ombro do *Golem*, que apenas grunhiu.

Ele cruzou os braços e se calou. Seu rosto lembrava vagamente uma daquelas máscaras egípcias. Não as bonitas. Era quadrado e um tanto rude, com os caracteres iídiche no alto da testa. Havia a menção de um nariz, mas não tinha ideia do porquê, já que ele não respirava.

— Seu quarto fica por aqui — disse Cláudia, e suspirei aliviado quando deixamos a Sala da Pedra e seguimos pelo corredor comprido.

Um pouco adiante, uma das portas estava aberta e eu parei para dar uma espiada.

O jovem Lovecraft estava lá dentro, com os óculos finos enfiados em um volume grosso como a perna de um ogro valaquiano. O quarto era completamente organizado, diferente da caricatura desleixada de Lovecraft. Isso queria dizer que ele dava mais atenção ao seu trabalho do que à vida pessoal? *Psicologia barata*, pensei comigo mesmo, deixando o assunto de lado.

Acenei para o rapaz, que abriu um sorriso torto e constrangido, como se tivesse sido pego roubando doces.

Girei os olhos para o alto e me afastei.

— Temos uma cozinha no final do corredor — explicou Cláudia. — E a inestimável biblioteca de Abdul está anexa à Sala de Reuniões. É um lugar agradável. Você vai gostar. E não perturbe o quarto número três. Moura não gosta de ser importunada.

— Nem sonharia com isso — afirmei, agradecendo antes de me esconder atrás da porta número seis.

O quarto parecia a porcaria de uma suíte de um hotel de luxo. E, sim, eu conheço vários hotéis de luxo, cortesia do querido dinheiro do meu *amado* pai.

Havia um lustre do tamanho de uma poltrona acima de mim. A cama parecia tão larga quanto o *hall* de entrada da pocilga onde eu morava. O resto dos móveis — dois armários, dois criados mudos, um divã e algo que parecia ser uma penteadeira — eram todos clássicos, duros, firmes e caros. Meus pés afundavam sobre tapetes felpudos e, pela porta aberta, podia ver o banheiro de louças claras e metais dourados.

— Meu Deus! — exclamei para as paredes vazias. — Preciso de um cigarro!

Meia hora depois, fui surpreendido por disparos atrás da porta do *Golem*. Abandonei os colchões e corri para o corredor. Lovecraft estava saindo do próprio quarto e o interpelei.

— O que diabos foi isso?!

— Golem. Acho que foi o Experimento nº 249. Ele encomendou um carregamento de balas calibre 45 — explicou, batendo na porta do nosso avantajado amigo: — Tudo bem aí?

— Resultado insatisfatório — foi a reposta abafada que veio atrás da porta.
Meu olhar devia traduzir um crescente sentimento de incredulidade, pois Lovecraft continuou.
— Ele está tentando achar um jeito de se matar. Tem uma curiosidade mórbida sobre isso.
Não consegui achar as palavras para descrever o que pensava.
— Você precisava estar aqui quando ele tentou se enforcar — comentou Lovecraft. — Ficou uma semana pendurado pelo pescoço. *Aquilo* foi bizarro.
Fui até a cozinha. Precisava desesperadamente de café.
Com uma xícara nas mãos, voltei à Sala da Pedra e encontrei a nossa aprendiz de engenheira deixando o escritório da Madame *Gelo*, acompanhada de um rapaz de feições orientais.
Como ela deixou a porta aberta, resolvi entrar.
— Quem era o *chop suey*?[16]
Madame Dyer me lançou um dos seus famosos olhares de desprezo por cima de sua escrivaninha abarrotada de papéis.
— Seu nome é Tsai Kang. Sua mãe é uma grande estudiosa das artes arcanas chinesas e uma aliada valiosa.
— E o que ele queria? — disse, bebericando.
— Nós temos um caso. Chame os outros.
Empurrei o café goela abaixo e obedeci. Gritei para os outros e nos reunimos na tal sala de reuniões.
O local parecia um auditório, agrupando todos os malucos de plantão, o que incluía a nossa pequena trupe, a líder real e um homem baixinho, de barba comprida, olhos atentos e uma salutar cor de pele trigueira. Só podia ser o tal arquivista, Abdul. Tentei dar uma olhada na famosa princesa Moura, mas a sala estava na penumbra e mal pude perceber suas feições. Ela sentava-se em uma cadeira, sozinha e absolutamente imóvel.
Pulei para uma poltrona ao lado de Lovecraft, que estremeceu. Ele parecia menor do que o costume e mais agarrado à sua pasta. Cláudia retornou um pouco depois.

[16] N. A.: prato típico chinês em que carnes diversas são cozidas rapidamente com legumes. É um prato rápido e fácil de fazer. E muito gostoso.

Acendi um cigarro enquanto Abdul levantou-se e foi até um velho projetor de *slides*. Cláudia apagou o resto das luzes e um facho amarelo foi projetado na parede. A câmera giratória se posicionou e surgiu o desenho de uma senhora oriental velha e miudinha.

— Jiao Kang foi encontrada em estado catatônico pelo filho, hoje pela manhã — disse Madame Dyer. — Todas as tentativas de acordá-la se mostraram inúteis.

— O que a velha estava fazendo? — perguntei.

— O seu filho deixou-a meditando no interior do pagode.

A minha expressão interrogativa logo encontrou uma resposta.

— O pagode é um templo, Padre — explicou Abdul, abrindo o que descobri ser um dos seus intermináveis sorrisos untuosos. — É onde os místicos chineses mantêm sua corte. Cada místico constrói um templo para si, protegendo-se com as linhas da terra.

— Linhas da terra? — repeti, sem entender.

— Geomancia — intrometeu-se Lovecraft. — Um pagode deve ser construído na confluência de linhas telúricas especiais, correntes de energia que garantem proteção ao místico. Os chineses lidam com forças ancestrais há muitos séculos. E os sábios aprenderam a se proteger delas.

— Então, enquanto ela estivesse dentro deste pagode...

— Estaria protegida dos maus espíritos — ele concluiu.

— Bem, um sábio não devia confiar só nisso — resmunguei, espalhando minha vasta experiência sobre o assunto. — Alguma coisa aconteceu, ou não seríamos chamados.

— Tem razão — disse Madame Dyer, chamando a atenção de todos. — O filho, Tsai Kang, foi bem treinado pela mãe, mas não conseguiu acordá-la. Ele pediu ajuda e nós vamos lá investigar.

— Onde é este pagode?

— Em Chinatown, no sul de Manhattan.

Tentei ser prestativo.

— Ok. Como chegamos lá? Algum carro especial? Túneis secretos? Um encantamento?

— Metrô — respondeu Madame Dyer. — E me tragam os recibos ou Abdul não vai ressarci-los.

— Sim, mãe — respondi, e ela me devolveu um olhar capaz

de congelar parte do inferno.
Levantei o esqueleto enquanto Cláudia ligava as luzes.
Acendi um cigarro e me virei para a minha pequena plateia.
— Bem, como vocês já devem saber, a Madame aqui me colocou na liderança desta patota.
— Por quê?
Foi a primeira vez que ouvi a voz da tal princesa Moura. Foi como um rouxinol cantando na primavera. Um rouxinol moribundo em uma primavera no Ártico, obviamente.
Com as luzes acesas, pude observá-la pela primeira vez. Ela vestia uma cota de malha reforçada, mangas longas, calças compridas e um cinto vermelho, de onde pendiam duas cimitarras de aspecto sinistro. Parecia absolutamente à vontade em suas roupas de guerreira assassina.
Encarei seus olhos amendoados, tirei uma nova baforada e respondi, apontando para Madame Dyer:
— Vai ter que perguntar a ela, minha cara.
— Nada de "minha cara", *Padre*.
Se havia uma forma de colocar mais desprezo em uma única palavra, eu ainda estava para conhecer.
Madame Dyer esticou a saia para baixo antes de falar.
— Moura, desde que perdemos Zero, nós precisávamos de um operativo com experiência.
— Epa! Quem é Zero? — perguntei, virando-me para a velha.
— Um dos antigos agentes da Irmandade — respondeu Cláudia.
— E o que houve com ele? — insisti.
Houve um momento de constrangimento e entendi a resposta, mesmo que ninguém se dispusesse a verbalizá-la.
— Não se preocupe. Não costumamos perder agentes — continuou Cláudia, contando nos dedos: — Houve o Rabino Loew, é claro. E Dagar. E também Nick Carter e Miss Fury. Mas Nick não conta, ele só ficou louco. No passado, perdemos Jonathan Harker e o Capitão Grant. Além disso...
— É o suficiente, Cláudia, obrigada — rosnou Madame Dyer.
Confesso que a conversa estava meio depressiva mesmo. Mas Moura não parecia convencida da conveniência da minha presença ali.

— Ele não conhece a Irmandade — disse, apontando para mim como se eu fosse parte da mobília. Uma escarradeira, provavelmente.

— Esta é a minha decisão final, Moura.

A princesa se levantou e, sem mais palavras, atravessou a sala de operações e desapareceu pela porta.

— Você disse que ela aceitaria a ideia — resmunguei para Madame Dyer.

— Talvez eu tenha exagerado nesta parte — ela admitiu, e juro que vi um sorrisinho entre seus lábios.

Grunhi algo em telemuriano e me virei para o resto da esquadra.

— Esta é uma missão de reconhecimento. Nada de chamarmos a atenção antes de sabermos o que diabos está acontecendo.

— É isso.

— Isso o quê? — perguntei a Lovecraft.

— O Diabo. É o que está acontecendo. Nós já sabemos disso.

Como um esganamento no primeiro dia de trabalho não pegaria bem na minha ficha funcional, suspirei fundo.

— É uma força de expressão — rosnei, e o garotão se encolheu.

— Muito bem — continuei. — Membros da missão: eu, Lovecraft – que entende dessa porcaria toda – e Moura.

Cláudia tentou protestar, mas fui mais rápido.

— É só uma missão de reconhecimento. Ver, observar e não sermos mortos, se possível.

— Isso é fácil — rosnou o *Golem*, com os dentes de tiranossauro exibindo algo que poderia ser, ou não, um sorriso.

— Bom para você, grandão. Mas acho que nem mesmo os chineses estão acostumados a ver *golens* por aí.

Madame Dyer aprovou meu plano com um gesto, mas ela ainda tinha um último conselho.

— Tenha cuidado, Padre. Quando entrarem em Chinatown, vocês estarão deixando Nova York. Lá é a China, sob todos os seus aspectos.

— Ótimo. Não conheço a Terra do Imperador — disse, piscando um olho.

Fui para o meu quarto. Vesti os coldres com as minhas

duas pistolas FN 1910 por debaixo da batina e prendi a minha *katana* dentro da mochila. A discrição era essencial no nosso ramo de trabalho, mas uma coisa que eu aprendi nesta profissão desgraçada é nunca sair de casa sem as suas armas.[17]

Encontrei com Lovecraft e Moura na tal Sala da Pedra. Estava na hora da Irmandade do Olho do Corvo entrar em ação.

[17] Na última vez que isso acontecera, eu ainda trabalhava para o Vaticano. Tinha sido convidado para uma ceia de Natal em Benetutti pelo pároco local. Na volta, acabei tendo que enfrentar um demônio Sorrateiro que aproveitou as festas para invadir uma casa. Acabei resolvendo tudo com uma espátula de um fogareiro, mas não foi uma coisa muito bonita de se ver.

06. O Pagode do Pato Selvagem

Depois de sacolejar pela linha BMT, descemos na estação Canal e caminhamos até a Mott Strett. O outono escorregava para dentro do inverno e a temperatura parecia baixar uns dois graus por dia. Eu estava acostumado aos rigores do inverno europeu, mas podia perceber que Lovecraft batia o queixo mesmo embaixo de vários capotes. Dei-lhe um sorriso reconfortante, mas ele virou a cara.

Certo!, filho do grande escritor. *Faça como quiser*.

Moura havia embrulhado as duas cimitarras com panos de seda, mas continuava trajando suas vestes avermelhadas. Na Europa, provavelmente ela atrairia olhares estranhos, mas estávamos em Nova York. O comum ali era não seguir as regras, fossem elas quais fossem.

Assim que atravessamos o muro invisível que dividia os subúrbios nova-iorquinos de Chinatown, percebi o que a Madame "Gelo" Dyer queria dizer: aquela não era, *realmente*, Nova York.

Não há como entender, a não ser que você experimente ser *oposto* do comum. É como se tornar um maldito grão de arroz selvagem, duro e alaranjado, no meio de um saco imenso de arroz branco. De uma maneira ou de outra, estamos acostumados a nos fundir à sociedade e seguir seus princípios. Coma seus vegetais, não ferre com as autoridades, poupe seu dinheiro para o futuro, engorde um peru para o Natal... (*o que é uma tradição bacana e sensível, menos para o peru, é claro*).

Mas, em Chinatown, meus olhos piscavam sem parar e eu não conseguia reconhecer absolutamente nada. Tudo era completamente diferente do que eu estava acostumado e o lugar boiava num cheiro enjoativo, misturando chá, especiarias e outras porcarias.

Seguíamos por alguns metros por uma calçada apinhada de pessoas quando fomos interpelados por um rapazote que devia ter uns doze anos. Ele usava o chapéu tradicional arredondado e tinha uma expressão zombeteira nas faces. Disse que se chamava Sing Song e que fora mandado por Tsai Kang para nos guiar pelas ruas acanhadas até o pagode da mãe.

Seguimos o moleque, admirando as ruas coloridas de Chinatown e sua confusão de varais que se estendiam de um edifício ao outro. Senhoras velhas cozinhavam comidas estranhas em cada centímetro disponível nas calçadas, disputadas palmo a palmo com vendedores de frango e peixe, que gritavam as suas ofertas em um dialeto que me deixou zonzo em cinco minutos. Homens e mulheres comiam apressados em pequenos vasilhames redondos, usando palitos para levar a comida pastosa até a boca. Sing nos apresentou os tais *baozis*, bolos de levedura que eram exibidos em pratos de cerâmica e recheados com porco, feijão doce ou camarão. Provei um e o sabor até que não era de todo mau. Mas dispensei as panquecas de cebola e os pães de carne ou feijão vermelho.

Após atravessarmos uma confusão de carroças e bancas de todos os tipos, nosso pequeno guia entrou em um acanhado restaurante que rescendia a óleo, especiarias e incensos. Àquelas horas, havia poucos clientes por ali e os altos bancos vermelhos estavam praticamente vazios. Atrás do balcão, um casal de chineses nos recebeu com sorrisos simpáticos enquanto Sing Song abria caminho por entre vãos recobertos por cordões ladrilhados.

Atravessamos mais um bom número de corredores apertados. Atrás de cada porta, famílias inteiras dividiam apartamentos minúsculos, ocupando cada centímetro quadrado com seus pertences e preenchendo todo o tempo disponível com seus afazeres. A vida de um imigrante, como em qualquer outro lugar, era dura e difícil.

No final de um comprido corredor, havia duas portas. Uma delas exibia aqueles caracteres chineses; Sing Song pareceu alarmado e parou na frente do cartaz.

— Não aqui! Ir por ali — disse, apontando para a outra porta.

— O que está escrito ali?

— Morte aos invasores brancos.

— Sério?

— Não. Isso diz "Almoxarifado" — confessou, rindo para dentro.

Atravessamos a porta e deixei uma moeda na mão do engraçadinho. Tínhamos chegado ao Pagode do Pato Selvagem.

Passei os olhos na construção e – com os diabos! – ou o termo *templo* adquirira um novo significado nos últimos tempos, ou aquele pardieiro estava passando por alguma reforma. Havia um minúsculo jardim do lado de fora — e sabe-se lá a que deus a Sra. Kang devia rezar para que as plantas sobrevivessem naquele lugar, uma espécie de beco rodeado por altos e sujos edifícios — e uma porta de um vermelho-vivo que levava até uma construção de madeira descascada em forma de torre, com muitas beiradas, mas que não devia ter mais do que uns quatro metros de altura. O telhado de duas águas parecia prestes a desmoronar.

Tsai apareceu e nos cumprimentou com uma grande reverência.

— Desejo aos seus familiares saúde, felicidade e tranquilidade auspiciosa.

Aquela não foi uma boa recepção, mas o pobre rapaz não tinha como saber disso. Os parentes da Moura já tinham virado pó há uns bons dez séculos; os pais de Lovecraft estavam mortos e o meu *pai*... bem, era melhor trocar de assunto.

— Lugar interessante — disse, virando-me para os lados.

Tsai abriu a boca num sorriso contido e explicou-nos que aquele lugar era chamado "Poço do Céu": um pátio pequeno, cercado por edifícios muito próximos uns aos outros. Aparentemente, os chineses respeitavam o pagode. Não havia uma só linha, corda ou varal dependurado naquele espaço vazio. O pagode estendia-se verticalmente, formando uma linha sagrada que ia até o céu nublado.

Subimos até o templo e entramos por uma porta lateral — a porta principal era reservada apenas para o mestre. Só havia dois aposentos no pagode. No primeiro, eram realizadas as orações e a recepção dos convidados, explicou Tsai. Era uma sala mobiliada de forma espartana, com algumas poucas almofadas puídas largadas pelos cantos e a pintura vermelha bem descascada. Havia uma estátua do *bodisátva* em um lugar de destaque. Dei uma olhada para o teto e me arrependi. As vigas de madeira estavam carcomidas por cupins e pareciam prestes a desabar.

Aproximei-me para observar um painel que representava uma roda cheia de arabescos, muito bonita. E, no centro, uma coisa fez o meu sangue gelar.

— Epa, que merda é essa?
Todos se viraram. Tsai pareceu aborrecido.
Eu *sabia* que aquele era um templo e que devia ser respeitado, afinal, vivi boa parte da minha vida dentro do Vaticano e arredores, mas, *caramba*!, ali estava a porcaria de uma suástica!
— Esta é a Roda do Dharma — explicou o rapaz, num tom cansado. — Os oito raios da roda representam os oito elementos do Nobre Caminho Óctuplo para a libertação. No centro da roda, você vê a cruz suástica ou cruz de Wan.
— A cruz nazista?! — repeti, incrédulo.
Tsai torceu ainda mais o nariz e, por um momento, cheguei a pensar que ele não responderia. Mas o rapaz se controlou e falou em um tom quase monocórdico.
— Os nazistas inverteram a cruz de Wan para usar em suas propagandas políticas. A Cruz Suástica original representa as quatro direções: paz, harmonia, equanimidade e equilíbrio. Este é um símbolo budista e não tem conotação política.
Escondi minha ignorância da forma habitual: xingando os outros.
— Porcaria! Estes malditos bagunçaram com tudo?
Tsai assentiu, sério.
— Creio que a reposta correta seria "sim, os 'porcarias' bagunçaram com tudo".
Lovecraft sorriu e eu me senti um idiota, situação a que eu estava me acostumando desde que me reunira àquele pequeno bando feliz de escolásticos caçadores de demônio.
Em silêncio, Tsai nos liderou até o segundo aposento. Jiao Kang estava sobre um tapete corroído pelas traças, na famosa posição de lótus. Alguns quadros adornavam o local. Um bule de chá esfriava em um canto.
Aproximei-me da velha e coloquei um espelho na frente do seu nariz. *Ok*. A nossa amiga meditativa ainda respirava. Aquele era um bom sinal.
— Então, ela está assim desde quando? — perguntei, sem me virar para Tsai.
— Não sei dizer — ele disse, em um inglês engolido. — Deixei minha mãe meditando ontem à noite. Quando acordei, notei que ela não havia voltado para casa. Vim para cá e a encontrei aqui.

— Onde vocês moram?
O rapaz fez um gesto para o corredor e eu entendi. Os dois deviam dividir um dos apartamentos minúsculos por que havíamos passado. Fazia sentido, mas nem tanto.
— Madame Dyer me disse que a sua mãe era a maioral por aqui — comentei, pescando um maço de cigarros dos bolsos e recebendo um olhar horrorizado do rapaz.
Ok, ok, resmunguei para a minha cabeça, voltando a guardar os cigarros.
— Ela é reverenciada nas vinte e sete províncias — ele disse.
— Tá, mas a julgar por esta espelunca, parece que os tempos andam difíceis, não é?
Houve um ricto de desgosto na expressão do rapaz.
— Aos olhos dos ocidentais, sim. Minha mãe aceita somente o pagamento que é dado de coração. E os imigrantes chineses têm poucos recursos.
— Entendo — murmurei, lembrando-me da pobreza que vi lá fora.
— Minha mãe acreditava que o seu dom lhe fora dado para servir. Ela tinha um mandamento: a felicidade da pessoa reside em não possuir muito, mas em dar menos importância a coisas insignificantes.
Uma mulher santa, pensei, olhando para a velha. E essa era a paga pelos seus serviços. Típico.
— Moura, você pode descobrir o que ela tem? — perguntei, virando-me para ela.
A princesa, que estivera em silêncio desde que contestara a minha excepcional liderança, parecia mais cooperativa ao ver Jiao Kang em estado catatônico.
— Posso tentar — disse ela, aproximando-se da velha.
Depois de retirar a faixa de seda que escondia o ornamento mágico que trazia preso à testa, Moura tocou no rubi com a ponta dos dedos enquanto pousava a mão na cabeça de Jiao Kang.
Ela fechou os olhos e uma expressão de surpresa e dor atravessou sua face. Cheguei a dar um passo à frente, mas tudo acabou antes mesmo que eu percebesse. Com um estalo, que me pareceu um choque, ela foi lançada para trás, derrubando Lovecraft no meio do caminho.

— Que diabos foi isso? — perguntei, ajudando o garotão a se levantar.

— Não foi o Diabo, Padre, mas foi algo bem parecido — disse ela, encarando-me com aquele par de olhos negros e ferozes.

— Jiao Kang foi aprisionada por um demônio — Moura continuou. — Não sei quem ele é, mas é muito poderoso. Ela está presa no mundo espiritual e não pode sair. Se não for libertada, ficará lá até o corpo definhar na Terra.

Praga! Odeio demônios sequestradores![18]

Saímos do pagode e eu acendi um cigarro. Precisava pensar e comecei a divagar em voz alta, mirando Tsai.

— Certo. Vamos recapitular. Primeiro, sua mãe foi meditar. Segundo, ela deve ter entrado no mundo espiritual. Terceiro, encontrou o demônio, que podia ou não estar esperando por ela; afinal, esses desgraçados são uns bastardos sorrateiros. Quarto, ela foi aprisionada. Mas como? Este pagode não é protegido?

Lovecraft ergueu o dedo.

— O que foi?

— Eu tenho uma ideia — disse ele, numa voz submissa.

Cocei o pescoço com violência.

— Não estamos no colegial, garoto. Fale.

— Alguém pode ter alterado as linhas de energia. Se elas forem corrompidas, o pagode perde a proteção — disse

---

[18] Já enfrentara três daquele tipo. O primeiro fora uma possessão genuína que eu e o Padre Alfonso enfrentamos em Logroño, uma cidadezinha perto de Santiago de Compostela. O segundo foi em Helsinque, quando um demônio finlandês resolveu roubar a alma do prefeito e instituir o Culto ao Belzebu como religião oficial. Acabou derrotado pela Câmara Legislativa. E o terceiro foi em Pöggstall, na Áustria. Era um demônio ardiloso que atacou três garotas de uma escola local. Nenhuma sobreviveu.

Lovecraft, falando tão rápido que eu tive que espichar as orelhas para entender.
— Correndo o risco de me repetir... Como?
— Com o crime supremo: o assassinato de um inocente ou de uma pessoa iluminada.
Merda!
— Aqui no templo? — perguntei, virando-me para Tsai.
Ele balançou a cabeça, e Lovecraft continuou.
— Não precisaria ser aqui, mas nas linhas que protegem o templo.
Encarei Moura, que deu de ombros. Aquilo fazia tanto sentido para mim como qualquer outra coisa. Mas tinha que me ater aos fatos. Baforei por um segundo enquanto tomava uma decisão.
— Certo. Vamos investigar esta questão. Enquanto isso, vamos precisar de ajuda. Se alguém é capturado por um demônio chinês, quem vocês chamam? — perguntei a Tsai.
— Minha mãe.
Abri um sorriso amarelo.
— *Ok*. Ela é a maioral. Já entendi. Mas e o segundo da fila?
— Kan Lopan. Ele é o mestre do Pagode dos Nove Pináculos.
— Precisamos falar com ele — eu disse. — Talvez ele possa ser de alguma ajuda.
— Não acredito nisso — resmungou Tsai, em dúvida. — Ele e minha mãe não se dão bem.
— Não se preocupe, garoto. Tenho doze motivos aqui para que ele nos auxilie — resmunguei, batendo nas armas por debaixo da batina.
— Ele tem um exército de seguidores — retrucou Tsai.
— Nós temos um *golem*. E estamos perdendo tempo. Você leva a princesa aqui para falar com esse tal Kan Lopan. Enquanto isso, eu e Lovecraft vamos investigar as tais linhas. Por onde elas passam, afinal?
Tsai desapareceu por alguns minutos, antes de trazer um mapa de toda a Sul Manhattan. Havia linhas desenhadas em vermelho que se cruzavam exatamente sob o pagode da catatônica Sra. Kang.
Despedimo-nos na frente do restaurante.

— Para onde vamos? — perguntou Lovecraft, que parecia um pouquinho mais à vontade depois que nós concordamos com a sua sugestão.

— Essa é a porcaria de um trabalho de detetive — resmunguei, atirando o toco do meu cigarro longe. — Está na hora de percorrer as sombras e ouvir os boatos. Mas vamos precisar de ouvidos. Vamos! Temos que achar Sing Song.

07. As Águias Negras

Não foi difícil convencer o pirralho gozador a nos ajudar. Afinal, um maço de notas tinha um poder sugestivo bastante peculiar. E ele nos guiou para o submundo de Chinatown. Aquele bairro incrustado entre a Grand e a Worth Streets era como qualquer outra comunidade segregada. Quando você deixa de lado as atrações turísticas, os restaurantes grã-finos e os teatros, você começa a se meter em becos e cantos escuros. Aquele era o território das Tongs, as temidas quadrilhas chinesas. E enquanto penetrávamos nas ruelas escuras de *Pequena China*, mais estávamos à mercê das Sombras Brancas, dos Dragões Voadores ou das Águias Negras, os peculiares nomes adotados pelas gangues locais.
Águias Negras? O que esses caras estavam pensando quando criaram esses nomes? Jesus!
E não foi preciso andar muito para que eles nos encontrassem.
Ao dobrar uma esquina, fomos surpreendidos por uma dúzia de pistolas apontadas para as nossas cabeças. Eram todos chineses, vestidos em túnicas negras e com vistosos lenços vermelhos no pescoço. Com os dedos hábeis, eles arrancaram os meus coldres, recolheram a *katana* e revistaram a pasta de Lovecraft. O líder da gangue, um sujeito com a face marcada pela varíola, gritou alguma coisa para Sing Song, que baixou a cabeça duas ou três vezes, murmurando algo naquela língua enrolada e parecendo muito aflito.
Praga. Eu tinha arrastado o moleque para aquilo. Se alguma coisa acontecesse a ele, nunca me perdoaria.
Sem nos dirigir a palavra, mas com o infalível argumento mudo da arma balançando, que poderia ser traduzido como *siga-me ou morra*, o china-de-cara-marcada nos guiou pelos corredores escuros até uma sórdida porta, para a qual eu não olharia duas vezes.
Lá dentro, os aposentos eram muito mais imponentes do que eu poderia imaginar. Cones de incenso lançavam fumaças

coloridas para o alto, iluminados por lâmpadas a óleo, que distribuíam uma delicada cor âmbar no ambiente. Painéis de madeira com ideogramas chineses pintados em dourado estavam pendurados nas paredes e almofadas de seda espalhavam um pouco de colorido ao piso varrido.

Seguimos em silêncio até um grande salão forrado por cortinas verdes, estátuas de pássaros de vários tipos e um grande painel, em que estava pintada uma ave de boca reptiliana e asas de couro.

Só podíamos estar na sede das Águias Negras

Havia uma imensa cadeira, luxuosamente entalhada, onde estava sentado um chinês forte, de uns cinquenta e poucos anos e com o ar esperto que somente os sábios têm. Trajava uma túnica azul espalhafatosa e tinha nos seus dedos mais anéis do que eu poderia contar.

Falava num inglês perfeito. Lembrei-me de Sing Song e um risco de preocupação surgiu na minha testa.

— Padre — disse ele, com um cumprimento respeitoso e humilde. — Meu nome é Su Feng e é uma honra receber tão ilustre presença em meus aposentos.

— Um convite de um membro tão respeitado desta bela comunidade não poderia ser ignorado — comentei, olhando cinicamente para os capangas, que continuavam a apontar suas armas para nós.

Su Feng fez um sinal com uma das mãos e os seus súditos desapareceram por detrás da porta. Somente um deles, que parecia ser um sujeito absolutamente malvado, permaneceu. Lovecraft pareceu um pouco menos tenso. Pelo menos, parei de ouvir seus dentes batendo, mas os joelhos continuavam a tremer.

— Está em vantagem sobre mim, Su Feng, já que parece saber quem eu sou — falei.

— Quem não conhece o lutador das estacas prateadas? Quem não conhece o senhor e sua família, que há muito combatem o mal? — perguntou o chinês, ainda sorrindo.

— Sei, sei. Bom, então também deve saber que não me importo com os negócios mundanos. Nada tenho contra a sua associação.

— Ah, não tenho dúvidas disso, nobre senhor — continuou ele, com os olhos brilhando. — Mas sempre fui um homem curioso e prático. Tal qualidade me levou até onde eu estou agora. E quando um grande caçador dos espíritos escuros entra em meu território, então sou levado a me perguntar: quem ele persegue? Quem está em perigo? *E quanto posso ganhar com isso?*, pensei, mas não ousei verbalizar.

— Estamos apenas fazendo um favor — desconversei.
— Lopan? — perguntou ele, erguendo uma sobrancelha.
— Não. A maioral. Jiao Kang.

Um ricto de decepção escapou dos lábios de Sua Alteza, o Mestre dos Ladrões.

— Kang é uma boa mulher — ele disse, por fim.

Esquadrinhei sua face e imaginei que ele estivesse falando a verdade. Ou era um grande ator. Ou ambos.

— Estamos procurando por mortes suspeitas. Assassinatos de homens ou mulheres espirituais, ou, talvez, inocentes — falei, repetindo as palavras de Lovecraft.

— Alguém corrompeu as linhas do Pagode do Pato Selvagem?

O chinês era mais esperto do que eu pensava.

— É o que queremos descobrir — disse.

Depois de uma pausa, ele continuou.

— Se isso for do agrado de Vossa Excelência, ó Homem das Mil Estacas, posso contribuir com a minha inépcia à sua sabedoria.

Traduzi aquela verborragia como se ele estivesse disposto a responder a algumas perguntas diretas.

— Houve algum assassinato suspeito no seu território? — perguntei.

— Uma criança foi morta no mês passado. E um adivinho perdeu a vida duas semanas atrás. A *sua* polícia branca não descobriu nada.

Nada de novo até aí. Morte de imigrantes estava abaixo da linha de preocupação da força policial local.

— E os bravos Águias Negras? — insisti.

— Não descobrimos nada — admitiu, depois de um suspiro. — Isso é ruim para os negócios, Padre. Ruim para a China e para os cantoneses. A morte dos inocentes é uma afronta aos deuses.

— Certo. Temos isso em comum. Matar crianças é ruim —

disse, concordando. — Onde ocorreram os assassinatos?
Su Feng pensou por um momento antes de responder.
— O primeiro foi na Baxter Street 145, e o segundo, na esquina da Bowey com a Hester.
Olhei no mapa que Tsai havia me entregue. Os dois assassinatos formavam uma linha que passava bem no centro do pagode da sua mãe, exatamente como ele desenhara.
Praga!
— Precisamos voltar. E precisamos do nosso guia de volta, Sing Song. Ele está inteiro?
— Ele foi bem tratado, Mestre dos Assassinos Arcanos.
— Ok — resmunguei, já um pouco tonto com todo aquele palavreado.
Despedimo-nos com mais alguns salamaleques malucos. Nossas armas foram devolvidas e fomos escoltados até o lado de fora, onde o pequeno garoto nos esperava, tremendo.
— Isso "custar" extra — disse, em tom reclamão.
— Tudo bem, garoto. Você mereceu. Existe alguma delegacia por aqui?
— O Quinto Distrito — disse Sing Song, esfregando uma lágrima do rosto. — Na Elizabeth Street. Centro de Chinatown.
— Leve-nos até lá e estará livre.
Sing Song assentiu e o seguimos pelas ruelas, deixando para trás o submundo das Águias Negras.

08. O Pagode dos Nove Pináculos

MAS NOSSAS BUSCAS NÃO DERAM EM NADA. Fingi ser um representante da Igreja em busca de confortar as famílias dos imigrantes. Não me pediram documentos; a batina ainda servia para alguma coisa e a presença de Lovecraft, que disse ser um missionário de Angola, ajudou a colar a história.

Ambos os casos relatados pelo pomposo Su Feng, líder das Águias Negras, estavam fechados por falta de provas. Como já era esperado, a polícia não havia relacionado os dois casos e não seria fácil convencê-los do contrário. Imaginei-me perguntando: Vocês acreditam em linhas taoístas? Exércitos de mortos? Pagodes místicos e demônios sequestradores de almas?

Provavelmente seríamos levados da estação de polícia até o manicômio mais próximo, o que, decididamente, não estava em meus planos imediatos.

Voltamos para o pagode da Sra. Kang em um tempo relativamente curto — só nos perdemos duas vezes. Moura estava do lado de fora enquanto Tsai cuidava da mãe.

— Relatório — pedi, de uma forma mais brusca do que gostaria, mas já estava ficando de saco cheio daquele lugar.

— Lopan aceitou nos receber. Ele estará nos esperando às dezoito horas, depois que terminar de atender os consulentes — ela disse.

— Bem, temos algumas horas para comer alguma coisa.

Tomamos um almoço tardio no restaurante pequeno ali da frente, enquanto Lovecraft relatava as nossas aventuras. Moura ouviu sem tecer comentários. Aquela atitude me dava nos nervos.

Tsai chegou logo depois, mas comeu muito pouco. Estava abatido e não pude deixar de sentir pena do rapaz. A respiração da Sra. Kang parecia cada vez mais pesada. Ela era velha. Não duraria muito sendo possuída por um demônio.

A noite escura espalhou ventos estranhos pela Baixa Manhattan. Lamparinas vermelhas estavam espalhadas pelas ruelas e poucos se aventuravam a deixar suas casas naquelas

horas. Saíam os vendedores e entravam os cafetões. Os cassinos atraíam os clientes com suas luzes coloridas e, nos cantos, as casas de ópio lidavam com uma clientela mais seleta, acostumada ao torpor assassino da droga.
Tsai nos liderava, pois sabia o caminho. Cruzamos duas ruelas tão escuras que era difícil perceber para onde estávamos indo.
De repente, Moura segurou o meu braço.
— Espere.
— O que foi?
— Há algo nas sombras.
— Algo...
Mas não consegui terminar de perguntar, pois as próprias sombras pareciam ter saltado em nós.
— Mas que diabos é isso?
Havia uns quinze homens vestidos de negro, da cabeça aos pés. Somente seus olhos eram visíveis por entre as máscaras. O primeiro sujeito, que tinha pinta de ser o líder, apontou uma espada para mim:
— Nós somos a Trindade do Lótus Negro. Somos os legítimos herdeiros da sagrada arte dos espadachins. E hoje é o dia da sua morte!
Se aquilo era para me impressionar, os malditos deram com os burros na água.
— Por que vocês, lutadores de artes marciais, estão sempre falando como se estivessem no século retrasado?
— Deve ser parte do treinamento para guerreiros — comentou Moura.
Aparentemente, os tais membros da Trindade do Lótus-sei-lá-o-quê não tinham muito senso de humor. A resposta aos nossos comentários foram gritos de guerra antes que as espadas cantassem naquela viela.
Tentei gritar ordens para coordenar nossos esforços, mas a primeira onda foi tão devastadora que seria difícil qualquer pessoa me ouvir.
As duas pistolas falaram melhor naqueles primeiros momentos. Três lutadores vestidos de preto caíram aos meus pés.
— Ninjas? — perguntei, a ninguém em particular.
— Ninjas são japoneses — choramingou Tsai atrás de mim.

— Estes são *jians*, mercenários sem honra. São assassinos contratados pelas Tongs.

— Parecem bastante ninjas para mim.

— Eles são piores.

Não contestei. Um deles tentou cortar minha cabeça e eu fui obrigado a sacar a *katana*.

Na verdade, eu era muito *bom* nisso[19], mas aqueles desgraçados eram melhores. Defendi-me como podia, saltando de um lado para o outro e girando a espada, mas os *ninjas chineses* continuavam a investir. Pelo canto dos olhos, vi Lovecraft se defender girando sua pesada pasta de um lado para o outro. Ele derrubou um dos *jians*, mas três tomaram o seu lugar.

Imbecil!, rosnei para mim mesmo. Aquele garoto ia acabar se matando se continuasse a lutar contra assassinos com a delicadeza de uma bailarina.

Torci minha espada no pescoço de um deles e o jato de sangue atingiu Moura. A princesa girava as cimitarras afiadas em uma dança mortal e hipnotizante. Ela parecia uma fada mortífera, retalhando e cortando, mas a quantidade de ninjas chineses de aluguel era muito grande. Eles nos venceriam pelo cansaço ou por algum maldito golpe de sorte.

— Quem quer nos matar? — perguntei a Tsai.

— Eles são mercenários. Podem ter sido contratados por qualquer uma das Tongs.

— Maravilha — resmunguei, aparando um golpe e girando a

---

[19] Nunca estive no Oriente, mas o Oriente veio até mim. Passei seis meses caçando um cavaleiro ressuscitado que andava investindo contra homens e moinhos. Tive a ajuda de um sensei que perdera o pupilo para o desgraçado. Ele me ensinou a usar a katana e nunca mais abandonei a arma depois disso. É uma lâmina danada de boa para decapitar zumbis e devolver demônios a seus poços imundos.

katana até alcançar o pescoço do desgraçado, que caiu sem emitir um único pio.
Bastardos condicionados. Odiava aquele tipo de gente. Minha batina não era a melhor roupa para uma luta como aquela, mas não tinha nada que eu pudesse fazer em relação àquilo. Continuei lutando, tentando manter as lâminas longe do meu pescoço.
Nisso surgiu outro grito de guerra, bradado naquela língua enrolada. Virei-me bem a tempo de ver um grupo de uns quinze chineses vestidos em preto, mas sem as máscaras idiotas e com lenços vermelhos ao redor do pescoço.
— A Tong das Águias Negras — respirei, aliviado.
— Eles vão nos matar! — gritou Tsai, genuinamente apavorado.
— Acho que não — disse para o garotão, piscando um olho, enquanto aproveitava o momento para enviar outro daqueles bastardos sem honra para um dos infernos chineses.
A luta se tornou mais encarniçada e muito mais perigosa. Imagine vinte e poucos lutadores, girando suas espadas capazes de cortar um fio de cabelo, em uma viela onde mal passaria o nosso amigo Golem? Pois é. Em resumo, era uma desgraça completa.
Foi um milagre escapar com todos os membros no lugar. O único corte no meu braço e as poucas escoriações em Lovecraft foram recebidas com júbilo ao final da sangrenta luta. Mas quatro membros das Águias Negras foram ao encontro do seu Criador.
Quando o último *jian* caiu, o líder com a *cara-marcada--pela-varíola* veio ter comigo.
— Você os conhece? — perguntei.
— Mercenários — respondeu ele, cuspindo no corpo de um deles. — Homens sem honra. Sem lealdade.
— Merda — xinguei. Então, me dei conta de uma coisa.
— Como sabia que estávamos sendo atacados?
— Temos olhos em toda parte.
Ou seja, eles mandaram alguém nos seguir, pensei. Mas aquela não era a hora de descartar qualquer tipo de ajuda.
— Precisamos chegar ao pagode dos Nove Pináculos.
— Vamos escoltá-los até lá — foi a sua resposta, antes de abrir caminho para a pilha de mortos.

Agradeci ao *cara-marcada*, entendendo o que ele queria. Aproximei-me dos quatro membros da Tong e apliquei as orações da extrema-unção. Eles não eram cristãos, mas eu também não era mais um padre, então achei que não haveria problema. Enquanto alguns deles ficaram para trás para cuidar dos corpos, os demais nos acompanharam até uma rua sem saída, onde o beco era totalmente tomado por um grande e esplendoroso muro com uns bons quatro metros de altura. Identificamo-nos na entrada para um chinesinho baixinho, que falou rispidamente com o líder da Tong. O *cara-marcada* assentiu e permaneceu ali, em guarda. Por mais impressionante que parecesse, não havia um grama de irritação na face do sujeito.

As portas se abriram. O amplo espaço atrás da muralha formava uma estrutura muito mais complexa do que a do Pagode do Pato Selvagem e me lembrou as antigas fotos que via nas National Geographics velhas do meu pai. Aquele era um *ting*, explicou Tsai, uma série de pavilhões chineses que circundava o *ta*, o pagode central. Por entre as construções, um jardim pontilhado de gramados irregulares e laguinhos brilhava sob a luz suave das lamparinas. Carpas alaranjadas e brancas nadavam tranquilamente entre árvores minúsculas e caminhos de pedra. O jardim era lindo e, para meu espanto, completamente assimétrico. Mais tarde, Tsai me explicaria que a composição dos jardins é realizada para criar um fluxo orgânico, emulando a própria natureza. Parecia que tínhamos abandonado o mundo terrestre para alcançarmos diretamente o mundo espiritual. E eu tinha certeza de que Lopan desejava exatamente esse efeito quando construiu aquilo tudo.

De um jeito um tanto chinês, aquilo fazia sentido para mim.

Aproximamo-nos do pagode, uma construção retangular de cinco andares. No alto do telhado, os pináculos que lhe davam o nome apontavam para o céu. O telhado era amarelo, o que, em certa medida, era

[20] N. A.: Henry Pu Yi, ou Puyi, foi o último imperador da China até que foi deposto pelos Senhores da Guerra, em 1925. Depois de governar, a mando dos japoneses, o estado fantoche de Manchukuo até 1945, foi preso pelo Exército Vermelho e entregue ao Governo Comunista da China.

quase uma afronta ao deposto Imperador, já que é a cor imperial por excelência. Mas acredito que Puyi, atualmente preso[20], tinha problemas mais importantes do que se preocupar com a cor do telhado dos seus súditos nos Estados Unidos da América.

O Pagode dos Nove Pináculos parecia ao mesmo tempo sólido e frágil. Grandes troncos tinham sido usados como vigas e colunas, dando um aspecto perene ao templo. Ao mesmo tempo, painéis frágeis de papel e vidro, além de biombos de bambu e cortinas de seda emprestavam um tom etéreo e delicado ao ambiente.

O chinesinho que nos servia de guia parecia um sujeito simpático, mas notei que trazia duas afiadas lâminas presas à cintura. Guardas espalhafatosos, vestidos em roupas cerimoniais que deveriam pesar algumas dezenas de quilos, estavam espalhados por todo o lugar. O *chop suey* tinha razão. Lopan tinha um pequeno exército à sua disposição.

O salão cerimonial do pagode era luxuoso e ricamente decorado. Um grande sino e um tambor do tamanho do Golem estavam dependurados no teto, logo à entrada. Imensos painéis vermelhos retratavam cenas mitológicas antigas, bordadas em fios dourados, negros e verdes. O chão era de madeira escura e um trono dourado ocupava a face oposta à entrada. Perto do altar, havia duas luminárias em forma de flor de lótus. No lado direito, havia um sino de bronze não muito grande, chamado *da jing*. Do outro lado, observava-nos uma feia escultura de madeira em formato de peixe. Tsai explicou que se tratava de um bloco oco que era utilizado como instrumento de percussão, conhecido como *mù yú*. E, mais atrás ainda, havia um tambor pequeno, dotado de um pequeno sino, chamado de *líng gú*.

Sangue de Jesus! Era bom aquele caso terminar de uma vez, ou meu cérebro derreteria entre *tsés*, *ings* e *jings*.

O chinesinho nos guiou até o altar e fez soar um gongo pesado e perturbador, que foi seguido pelo barulho de chinelos que arrastavam o corpo de um homem maduro, olhos negros, bigodes muito finos e vestes tão pomposas quanto todo o resto.

Era óbvio que Lopan queria fazer uma entrada triunfal, mas eu já estava bastante acostumado ao cerimonial do Vati-

cano para me importar com aquela palhaçada toda. Mas tive que pigarrear para Lovecraft:
— Feche a boca, garoto — murmurei, encarando seus olhos embasbacados. — Não me envergonhe.
Lopan abriu os braços.
— Saudações, visitantes do crepúsculo. Que o vento leste arraste suas preocupações para longe das suas mentes e que possam desfrutar da hospitalidade de seu humilde servo. Que a chuva e o vento sejam favoráveis a quem vem em paz.
O desgraçado estava tentando nos enrolar com aquela fantasia burlesca da delicada humildade chinesa, mas eu conhecia o tipo. Era preciso separar suas palavras entre o que ele *parecia* dizer e o que *queria* dizer.
— Saudações, nobre Lopan — disse, repetindo seus gestos. — Obrigado por nos receber.
— Não é esta a obrigação dos mais afortunados? Não é este o caminho da libertação? Não somos nós, os profundos conhecedores do que é, do que há, do que vai ser, quem deve iluminar o caminho dos discípulos que o destino nos confia?
Porcaria! Ia começar aquela ladainha de novo.
— Hã... Certo, senhor. Acho que sim. Então, nós...
— O Mestre das Mil Estacas vem me visitar...
Lá vamos nós...
— E ele vem acompanhado de uma princesa muçulmana e de um imberbe estudioso do oculto. São companhias estranhas para um caçador de demônios.
— Como o senhor disse, são os discípulos que o destino nos confia.
Senti que Moura tinha acabado de grunhir, mas não podia me preocupar com ela agora. Eu precisava de ajuda e se fosse preciso bancar o palhaço de circo, que trouxessem a maleta de maquiagem de uma vez.
— Eu sempre fui um caminhante dos deuses estelares — Lopan continuou, cruzando os braços para dentro das mangas. — Compartilho com os espíritos iluminados suas preocupações e comungo com os deuses do firmamento os destinos do mundo. Nada fica oculto de mim. Você veio para falar de Jiao Kang.
Aquilo teria sido *muito* mais impressionante se Moura não tivesse me contado que havia relatado o caso para o assistente

pessoal baixinho do chefe-do-pagode quando estiveram com ele durante a tarde. Mesmo assim, resolvi entrar no jogo:
— É verdade, magnífico mestre. As estradas da mentira não lhe enganam os olhos. Estamos aqui para pedir seu aconselhamento em relação a Jiao Kang.

Lopan abriu um sorriso cheio de dentes.
— E o que aquela velha tola fez desta vez? Conjurou algum demônio que escapou da sua coleira? Ouviu respostas para perguntas que nunca deveria ter feito?
— Ela foi aprisionada no mundo espiritual.

O sorriso malicioso de Lopan vacilou pela primeira vez. Sua voz perdeu o tom etéreo e adquiriu uma crueza fria.
— Isso é impossível — ele disse.
— Mas foi feito. As linhas foram maculadas. Ela foi enganada e aprisionada por um demônio.

Houve um breve momento de hesitação enquanto os minúsculos olhos de Lopan se estreitavam. Eu podia sentir seus músculos se contraírem enquanto uma gota de suor escorregava por entre as suíças bem aparadas.

— Não pode me acusar disso, Padre — ele disse, a voz nítida e desprovida do tom leve que empregara até agora.
— Não o estou acusando de nada — admiti. — Na verdade, estamos lhe pedindo ajuda.

Lopan segurou a respiração por um longo momento de ponderação. Ele se acomodou no trono luxuoso antes de fazer a primeira pergunta direta da noite.
— O que querem?
— Descobrir qual foi a entidade que atacou Jiao Kang. E uma forma de libertá-la, é claro.
— Há muitos mistérios sem respostas na curta vida de um homem — Lopan filosofou. — Por que eu deveria me importar com isso?

Senti que Tsai apertava os dentes, mas eu já esperava por isso. Existia uma clara competição entre os dois magos. E se há uma coisa que aprendi nos meus anos de Vaticano, é que você sempre pode contar com o maldito orgulho dos poderosos.

— Toda Chinatown saberia que você auxiliou Jiao Kang.

Lopan brincou com os longos fios de seu bigode negro e abriu um sorriso cínico.

— Olhe para os lados, Padre. Sou um homem bastante respeitado em minha comunidade.
E tira bastante proveito disso, desgraçado, pensei em silêncio.
— Não tenho dúvidas, venerável Lopan — disse, concordando. — Mas Jiao Kang é a protetora de Chinatown e *você* sabe disso.
Houve um ricto de irritação perpassando aquelas faces amareladas. Fora apenas um segundo, mas eu atingira o alvo.
— Se isso fosse verdade, estaria feliz em me ver livre da minha rival.
— Que foi aprisionada por um demônio dentro do próprio pagode, algo impossível, como bem o disse. Assim que o bastardo acabar com a força vital de Jiao Kang, quem vossa magnificência mágica acha que será a próxima vítima?
Eu não tinha como saber isso, era claro, mas Lopan também não poderia adivinhar qual seria o próximo passo do demônio. E aquele seria um plano de ação bem lógico.
O que não queria dizer muito, em se tratando de demônios.[27]
Ele nada respondeu, mas notei um vinco de preocupação nascer em sua testa. Resolvi apertar o parafuso.
— Uma entidade tão poderosa não pode ser deixada andando livremente por Chinatown. E agora estamos aqui. Prefere lidar com este problema sozinho?
Houve mais alguns momentos de silêncio antes que ele levantasse o traseiro da rica e decorada poltrona.
— Eu concordo em investigarmos o assunto. Descobriremos quem aflige a Sra. Kang e, então, decidirei o que fazer.
— É justo. Vamos?
Lopan abriu um sorriso de escárnio enquanto Tsai escondia o rosto atrás das mãos, envergonhado.
— Se ela está presa no mundo espiritual, Padre, não há necessidade de nos deslocarmos. Podemos alcançá-la daqui. Acompanhem-me, por gentileza.
Com um sorriso irônico da Moura me torrando a paciência, segui a nossa pequena trupe, que caminhava junto aos passos do velho patife, atravessando um mar de cortinas de seda e um labirinto de paredes acartonadas até o que me pareceu ser um pequeno templo. Pelo cheiro de velharia e pela

ausência de perfumes malucos e quinquilharias sem sentido, sabia que era *ali*, realmente, onde o nosso amigo Lopan praticava a boa e velha magia negra chinesa.

> [21] Demônios e assombrações não são conhecidos por sua grande capacidade cerebral. Na verdade, eles são uns bastardos burros, na maioria das vezes. Talvez o poder derreta seus cérebros ou, simplesmente, seja um tipo de equilíbrio divino. Ou os grandões lá de cima e lá de baixo simplesmente estão curtindo com a nossa cara. É a primeira pergunta que vou fazer quando bater as botas.

08. O Templo Espiritual da Sr. Kang

Lopan nos deixou sozinhos por alguns momentos e retornou ao pequeno templo com um grande vaso nas mãos, que poderia passar por um penico, não fossem os intricados arabescos ao seu redor (se bem que eu já tinha visto penicos mais decorados em Paris). Ele largou o vaso-penico em cima de uma mesa cerimonial. Então, depositou algumas ervas lá dentro, além de despejar o conteúdo de dois vidrinhos de aspecto peculiar e cheiro pior ainda. A coisa toda durou alguns minutos e terminou com uma poção que tinha o aspecto e o cheiro de vômito de gato.

Lopan serviu duas delicadas xícaras de porcelana com aquilo.

— À sua saúde, Padre.

Peguei a beberagem e suspirei. Eu era o líder, não era? Bem, o cargo trazia alguns espinhos a mais. Tomei a minha dose de um gole só.

Lembro de estar caindo. Depois, tudo ficou escuro.

A primeira coisa que senti foi a grama pinicando meus dedos. Estava deitado no que parecia ser uma relva verde, junto a um bosque de bambus e árvores de copas altas. O terreno descia, formando um vale com altas montanhas ao seu lado, pontilhadas de pinheiros recobertos de neve.

Levantei-me, assustado.

— Porcaria! Alguma coisa deu errado! Estou morto?

— Você acha que está? — perguntou Lopan, materializando-se ao meu lado.

— Sei lá. Nunca morri antes.

— Isso não lhe parece o Paraíso?

Olhei para os lados uma segunda vez. Era uma visão idílica, com certeza. Só faltavam os anjos com suas harpas. Assenti com um gesto.

— E você, dentre todos os homens, acha que merece o Paraíso?

Virei-me irritado para o velho chinês.

— Você é um verdadeiro espertinho, sabia? Ele abriu um sorrisinho engolido e seguiu naquele leve passo oriental, andando com a túnica arrastando na grama.

— Este é o mundo espiritual de Jiao Kang — ele disse. — Ela o idealizou assim. Estamos na sua concepção de equilíbrio.

— Achei que era o Paraíso...

— Não existe o bem sem o mal. Os opostos são os dois lados da mesma moeda. A esta altura, você já deveria ter aprendido isso, Padre.

— Chafurdei muito na lama para me preocupar com o lado bom do que quer que seja — resmunguei, mal-humorado.

Ele não respondeu.

— Então? Onde está Jiao Kang? — perguntei.

— Meus anos de estudos e meditação indicam que ela se encontra lá — falou, apontando para uma construção ao final do vale.

Era um templo chinês que se erguia junto a um jardim que faria chorar de felicidade os últimos imperadores da dinastia Qin (ou Jin, eu nunca me lembrava direito).

Segui o mago risadinha pelo resto do caminho, em silêncio. Quando nos aproximamos, senti imediatamente uma presença. Era algo insanamente ruim e maligno, que parecia sugar toda a essência de vida daquele lugar. Algo corrompido borbulhava como uma névoa sombria e opressiva. Lembrava um pouco o covil de sanguessugas, mas era mil vezes pior.

Busquei inutilmente as armas na minha batina, mas elas haviam desaparecido.

— Aqui, tais ferramentas seriam inúteis — disse Lopan, avançando para dentro da casa. — Esse é o mundo espiritual. Use sua mente como defesa.

Rosnei baixinho. Aquilo ia de mal a pior.

O local parecia ter sido destruído por um pequeno furacão. Nada que pudesse ser quebrado estava inteiro. Almofadas, poltronas, vasos e restos de estatuetas jaziam em pedaços

no chão, onde os painéis rasgados lhes faziam a corte. Caminhamos por entre ladrilhos rachados e marcas de fogo e explosões. Houve uma senhora batalha naquele lugar e seria um milagre encontrarmos alguém vivo por ali.
Ou, como se tratava do mundo espiritual, uma alma minimamente coesa.
Atravessamos o cômodo e avançamos pelos quartos, sem encontrar ninguém. Então, Lopan encontrou o que parecia ser um alçapão.
— Isso é ruim — disse ele, com uma expressão preocupada.
— Ruim como? *Pior* do que tudo isso? — perguntei, incrédulo.
— Muito pior. Não há porões nos templos chineses. O demônio conseguiu remodelar a realidade na mente de Jiao Kang.
Não entendi muito daquilo, mas tinha que concordar. Se o desgraçado levara a Kang-*Ying* para dentro daquele alçapão, então a Kang-*Yang* lá no pagode real estava correndo um risco muito pior do que pensávamos.
— Vamos entrar.
Descemos por uma escada desmantelada e foi preciso eu me convencer mais de uma vez que não estávamos, *realmente*, ali, para que não desmaiasse com o fedor. Um cheiro tão ruim só poderia significar encrenca. E não deu outra.
Encontramos o corpo de Jiao Kang deitado no chão. Ela tremia e convulsionava. Não havia dúvidas que a velha feiticeira estava sofrendo torturas terríveis. Tentei me aproximar, mas Lopan me impediu com um gesto ríspido.
— Não há nada que possamos fazer por ela aqui. Estamos aqui para ver e observar.
— Ver o quê?

Eu, Padre.

Virei-me de uma só vez e encarei dois olhos verdes brilhantes, do tamanho de pratos. Dei um passo para a frente, pronto para lhe dizer umas verdades, quando um clarão ofuscou meus olhos.
Lembro de ter visto algo grande e reptiliano retorcendo-se e, então, acordei com uma bruta dor de cabeça.

— Merda! O que aconteceu?
— Você caiu para trás — respondeu Lovecraft, me ajudando a levantar.
Estávamos de volta ao Pagode dos Nove Pináculos
— E ninguém me segurou?
Lovecraft deu uma olhadela rápida para Moura, que parecia muito interessada em inspecionar as próprias unhas.
Um a zero, espertinha.
Fui ter com Lopan, que se levantava, apoiado por Tsai.
— O que foi tudo aquilo? Por que nos trouxe de volta? — perguntei, irritado.
— Não havia mais nada para nós lá, Padre — respondeu Lopan, respirando com dificuldade. — Descobrimos o que havia para descobrir. Se permanecêssemos por mais tempo, nossas almas estariam em risco.
— Não acho que o maldito se interessaria pela minha alma — grunhi.
— Não esteja tão certo disso, Padre — comentou Lopan, me olhando com uma expressão esquisita. Virei o rosto, passando a mão no cocuruto dolorido.
— O que houve com a minha mãe?
Lopan se virou para Tsai.
— Jiao Kang foi aprisionada no plano espiritual por um demônio. Pela sua forma, eu diria que é uma das Crias de Hastur.
— Quem?
— Hastur, um dos Grandes Antigos — disse Lovecraft, estremecendo, enquanto vasculhava a pasta atrás de suas anotações. — Tem a forma de um lagarto bípede, recoberto de tentáculos. Suas crias mitóticas, duplicatas degeneradas do Grande Deus, vivem nos subterrâneos, pois temem a luz do luar.
Lopan assentiu em concordância, antes de continuar.
— Se ela não for libertada, sua alma perecerá no Inferno da Poça de Sangue.
— Inferno do quê? — perguntei.
— Inferno da Poça de Sangue. Os chineses têm milhares de infernos, mas este é um dos Dezoito Níveis Veneráveis,

reservados às almas mais importantes. Quando Yama, o Rei Irado, julga que uma alma deve ir para a Poça de Sangue, ela é carregada pelos guardiões, o Cabeça-de-Boi e o Face-de-Cavalo, até as fossas infernais. O pecador é lançado em uma poça de sangue imundo, onde ele irá se afogar.
— Não me parece tão mal — comentei.
— Sangue irá escorrer de todos os orifícios do corpo até o pecador ser drenado — explicou Lopan. — Então, o corpo é reconstituído e o processo inicia novamente.
Estremeci.
— Certo. Retiro o que disse. Isso é ruim. O que podemos fazer? — perguntei.
— Como disse, a alma de Jiao Kang está sendo mantida aprisionada por uma das crias de Hastur. Há um único templo venerado ao terrível nestas terras, construído à imagem e semelhança de Diyu[22], nos túneis dos contrabandistas.

Fiz um aceno positivo, aliviado. Daquilo, pelo menos, eu já tinha ouvido falar. Durante a construção de Manhattan e da Northern Pacific Railway, muitos imigrantes ilegais foram trazidos para a América por contrabandistas. Eles utilizavam uma rede de túneis clandestinos para desembarcar a sua mão de obra barata, que era conhecida como *passageiros celestiais*.

No entanto, algo ainda me escapava.
— Por que alguém construiu um templo para um demônio?
— Os imigrantes trabalhavam como copeiros, lavadores e serviçais, mas pequenos negócios também surgiram, Padre — explicou Lopan. — Muito rapidamente, nossos antepassados adquiriram o monopólio das lavanderias e dos teatros de variedades. Mas também houve negócios ilegais. Casas de ópio e cassinos clandestinos apareciam e desapareciam toda semana. As Tongs começaram a usar os túneis para trazer as drogas ou se desfazer de algum convidado inesperado.

Lopan acendeu um incenso e espalhou a fumaça fedorenta com seus dedos finos e compridos.

---

[22] N. A.: Diyu é o inferno chinês. Um lugar desgraçado onde Yama, o Rei Irado, julga as almas e atribui punições.

— O comércio prosperou, o que atraiu a inveja. A inveja se tornou raiva. Houve ataques e o assassinato de imigrantes se tornou um esporte comum nestas terras.

Rosnei por um momento. Já tinha visto muito daquela porcaria xenófoba na Europa durante a última Grande Guerra. Os demônios eram ruins por causa da sua própria natureza, mas os humanos não ficavam muito atrás.

— Muitos procuravam por proteção, mas a lei virou as costas para eles — continuou Lopan com o seu relato. — Alguns, mais desesperados, viam no culto aos deuses antigos a única forma de proteger a si mesmo e seus familiares. A adoração a Hastur era uma forma sutil de vingança.

— Por quê?

— Na véspera do Ano-Novo Lunar, as Crias de Hastur se aproximam dos sonhos das crianças. Se suas mentes forem tocadas por três noites seguidas, seus pensamentos se tornarão desconexos. É assim que surgiam os idiotas das antigas aldeias chinesas. Mas Hastur tem medo da lua. Pais chineses têm o costume de entregar envelopes com moedas para os filhos espalharem pelo chão no início do ano, refletindo a luz lunar e afastando os demônios. E muitas crianças gananciosas preferem deixar o dinheiro no envelope. As Crias de Hastur roubam o envelope e envenenam suas mentes. Obviamente, as crianças brancas não gozavam de tal proteção.

Dei de ombros.

— Bom, isso explica tudo.

— Você entendeu? — perguntou Moura.

— Isso foi uma ironia, pequena gafanhota — respondi a ela, e me virei para Lopan, tentando resumir toda aquela papagaiada. — Certo. Hastur é um demônio cujas crias gostam de bagunçar a cabeça de crianças e roubar seus cofrinhos. O que isso tem a ver com Jiao Kang?

— As Crias de Hastur são sorrateiras e viajam através dos sonhos — continuou Lopan. — Jiao Kang é uma maga. Trabalhamos no mundo espiritual. Encontrar estes demônios é um risco operacional.

— E onde fica este templo? — insisti.

— Nos subterrâneos de Chinatown. Os templos profanos foram proibidos e as passagens foram obstruídas por ordem do Tigre Branco do Oeste, o guardião terreno do Imperador

de Jade. Mas uma das Crias de Hastur deve ter escapado do seu templo.
— As coisas realmente ruins não desaparecem totalmente — filosofei.

Lopan suspirou em aparente aprovação.
— Tem razão, Padre. E há duas passagens conhecidas para os subterrâneos.
— Onde?
— No meu pagode e no pagode da Sra. Kang.
— Só podia. Então, qual é o plano?
— A Sra. Kang deve ser levada até o Templo do Demônio. Lá, podemos invocá-lo, libertando-a.
— Então vamos até o pagode do Patinho Feio e...

Lopan me interrompeu.
— Não é possível. Não posso auxiliá-los em outro pagode. Aquela é uma região espiritual da Sra. Kang. Não tenho poderes lá.
— E desde quando isso seria ruim? — perguntei, erguendo uma sobrancelha.
— Hastur é um demônio ardiloso e terrível — retrucou Lopan. — Ele aprisionou a Sra. Kang, uma maga habilidosa. O que espera conseguir sozinho, padre cristão?
— Não sou mais padre — resmunguei, me virando para conferenciar com a minha trupe de assassinos de demônios. — Alguém tem uma alternativa? Não? Bom, faremos o seguinte. Já anoiteceu, Lovecraft. Volte até a base da Pedra Angular e traga Golem até aqui, de um jeito ou de outro. Aquele demônio é *bem* grande e vamos precisar de toda a força bruta que conseguirmos. Enquanto isso, eu, Tsai e a princesa caladona aqui nos encarregamos do corpo de Jiao Kang.

Eles concordaram e deixamos o pagode de Lopan logo depois. Moura me interpelou enquanto o cara-marcada da Tong das Águias Negras nos escoltava pelas ruas vazias de Chinatown.
— Não te incomoda como Lopan aceitou rapidamente nos auxiliar? Tsai disse que eles eram inimigos — ela comentou.
— Também não gostei muito deste detalhe — admiti. — Afinal, não sabemos quem tentou nos matar. Mas o que há de se fazer? Lovecraft é o sabichão nestes assuntos, mas o mestre do pagode está certo: precisamos de alguém versado na magia

chinesa.

Acendi um cigarro, aliviado por estar longe daqueles templos e seus fricotes.

— De todo modo, é melhor mantermos um olho no *cara--de-bode*, só por precaução.

Ela concordou com um aceno e eu tirei uma nova tragada. Aquela prometia ser uma noite bem longa.

09. O Sequestro

A COISA ESTAVA MAIS OU MENOS ENCAMINHADA. Lovecraft voltaria com Golem e a gente desceria ao inferno para invadir o templo de um demônio reptiliano e resgatar a alma da velha maga. Nada poderia dar errado.
A não ser o desaparecimento de Jiao Kang.
— Como assim, ela sumiu? — gritei, não me importando em fazer escândalo.
— Minha mãe! — disse Tsai, com as mãos nas faces. — Não está mais lá!
Entrei no pagode da Galinha de Araque. Aquele moleque devia estar enganado. Coitado. A mãe estava mal. O mundo desmoronando daquele jeito. Essas coisas acontecem.
O salão estava vazio.
Merda! Cadê a desgraçada da Jiao Kang?
— Ela não pode ter acordado?
Era Tsai.
Virei-me para ele enquanto me lembrava do plano espiritual da chinesa.
— Sem chance. Aquele demônio não ia deixar que ela escapasse assim. A sua mãe foi raptada aqui mesmo, na nossa boa e decadente Nova York.
— Por quem? — ele perguntou.
— Como é que eu vou saber?
Saímos. Lá fora, o *líder-cara-marcada* das Águias Negras me encarava.
— Jiao Kang foi raptada — disse.
Moura interviu.
— Alguém nos atacou, e agora Jiao foi sequestrada. Isso não pode ser coincidência.
Não foi uma conclusão ruim.
— Onde estão os corpos dos *jians*? — perguntei, me virando ao líder da Tong. — Talvez encontremos alguma pista.
O *china-varíola-feia-pra-caramba* nos guiou pelo labirinto das ruelas de Chinatown até um pequeno depósito. Lá dentro, doze corpos estavam atirados no chão, lado a lado.

— O que vocês iam fazer com eles, afinal?
Ele não me respondeu, e eu não insisti. Havia coisas que era melhor não saber.
Começamos o demorado e nada agradável exame nos corpos dos *jians* mortos.
— Muito bem, o que temos aqui? — resmunguei, abrindo o traje de um deles. — Homem. Uns vinte e poucos anos. Tatuagens ridículas em toda a parte. *Causa mortis*: este furo no esterno aqui.
Não achei nada de mais. Passei para o segundo. Mesma coisa. Mais tatuagens. Nenhum símbolo estranho, relógio, documento ou algo que o valha.
Saco.
No quinto, tivemos um pouco mais de sorte. Nada tão direto quanto um mapa de Manhattan com a localização do chefe marcado com um X berrante, mas já era alguma coisa.
— O que é isso? — perguntei, segurando um vidrinho que parecia conter um líquido meio esverdeado.
O *china-chefão* pareceu enojado e cuspiu na cara do sujeito morto, proferindo uma série de palavras que eu não precisaria falar mandarim para traduzir.
— Certo. É um cara mau. Já sabemos — disse, sacudindo o vidrinho.
— Ele é covarde.
Ergui uma sobrancelha.
— Isso é *yonggán yifú*. Poção da coragem. Um guerreiro não se intoxica com essas coisas.
— Entendi. Então o sujeito comprou esta poção para não borrar as calças no meio da luta. Não deu muito certo, né? Bom, onde a gente pode conseguir uma coisa destas?
— Sieh Te — respondeu ele, cuspindo novamente. — Mora na Baxer Street. Mas a honestidade não é o seu forte.
— Ótimo! — exclamei, sorrindo. — Somente um sujeito desonesto venderia o próprio empregador. Vamos até lá.
Após uma curta caminhada, alcançamos um prédio tão decadente que só estava em pé por alguma magia chinesa, ou um decreto da Prefeitura, o que valesse mais por ali. Havia uma loja no térreo — e era necessário esticar bastante a definição de *loja* para abarcar aquele quartinho minúsculo e fedorento. Bati na porta e entrei. No fundo, meio que encoberto

por uma montanha de ervas, vidros e incensos, havia um vulto.
— Senhor Sieh Te?
— Bah. Mais ignorante branco — ouvi uma voz resmungar.
Diabos. Era uma mulher. Malditos nomes chineses.
— Mil desculpas, madame — pedi, aproximando-me e encarando uma velha chinesinha de olhos miúdos e mãos encarquilhadas.
— Um padre — ela disse, me encarando. — Coisa estranha. Que *querer*?
— Você reconhece isso?
Ela examinou rapidamente o vidrinho que eu trazia nas mãos.
— Poção verde da coragem — ela disse, balançando a cabeça. — Padre *perder* colhões?
Ela gargalhou e eu ri também. Então, puxei uma das pistolas.
— Para quem vendeu isso?
— *Não ter medo pistola grande* — ela rosnou.
É, talvez não tivesse mesmo. Estes chineses eram meio estranhos.
Fui até a porta e a escancarei, deixando que ela visse meus acompanhantes. Ela mal passou os olhos pelos assassinos da Tong, mas seu rosto escureceu ao encarar a princesa Moura.
— *Nü gui!* Mulher amaldiçoada. Impura. *Tirar* ela daqui — ela exclamou, gritando.
— Quer que eu leve a Moura embora? Me dê um nome, e um endereço também, que já está ficando tarde.
— *Tirar* ela daqui! — ela pediu, esticando a mão como se pudesse afastar Moura.
— O nome primeiro, madame.
— Ele me *matar* se fizer isso — ela choramingou.
— Moura...
Ela me xingou de várias coisas, creio eu. E acho que me amaldiçoou também — seria estranho se não o fizesse. Mas fiquei irredutível. Já estava farto daquele bairro e só queria terminar tudo aquilo de uma vez.
Por fim, ela escreveu algo num pedaço de papel, que eu

entreguei para o meu amigo *china-cara-feia*. Ele disse que sabia onde era.

O endereço nos levou para fora de Chinatown, o que não me surpreendeu. Se aqueles *jians* ninjas eram assassinos de aluguel, eles não tinham um território para defender como as Tongs. Sua espada brandia para quem pagasse mais. No final, ocidente ou oriente, era sempre uma questão de quem tinha os bolsos mais fundos.

Descemos a Fulton Street em direção ao East River. Era uma região pobre, dominada por gângsteres dos mais variados tipos. Não temíamos encontrar um só policial naquela redondeza, mas chamávamos mais atenção do que gostaria. Um bando de chinas vestidos de preto acompanhando um padre e uma guerreira moura era algo digno de nota. Rapazolas em calças curtas não piscavam — alguns arriscavam uma olhadela mais comprida para a nossa princesa, — enquanto sujeitos em ternos sujos e malcortados mastigavam seus cigarros e nos lançavam olhares duros.

Pobres coitados.

Não passavam de gado. Vítimas em potencial para os verdadeiros monstros que se esgueiravam entre as frestas da calçada. O mundo sempre foi um lugar de camadas e aqueles palhaços apenas arranhavam a superfície da verdadeira maldade.

Mas cassetetes e pistolas não foram sacados naquela noite e conseguimos passar incólumes. Olho em frente. Esse era o segredo. Ignorar os olhares assassinos e os comentários zombeteiros. No final, é isso que faz a diferença entre quem volta para a casa para beber mais um copo de cerveja e quem vira um corpo frio no necrotério. Como sempre, a questão estava nos detalhes.

Alcançamos as cercanias do nosso destino: um depósito abandonado perto da *ferry*. Janelas quebradas, telhas faltando, muros encardidos, o pacote completo. Mas um olhar mais treinado perceberia as pequenas anomalias: trancas novas nas portas, correntes lustradas, fiação em dia...

Reuni a nossa trupe de ataque na esquina.

— Nós vamos invadir às escuras, o que é sempre prenúncio de uma grande merda. Mas não temos outra opção. Não sabemos quantos soldados há lá dentro ou que armas eles têm.

— Nós somos melhores — rosnou o *china-varíola-machão*.

— Admiro seu otimismo, mas nossa prioridade não é mostrar quem tem a espada mais comprida — disse, olhando duro para o sujeito. — Precisamos resgatar Jiao Kang. O tempo dela se esvai a cada segundo.

Ele não pareceu ter gostado, mas assentiu.

— Vamos dividir nosso batalhão em três grupos. Eu, Tsai e a princesa caladona vamos bater na porta e tentar algum tipo de negociação.

— Estes vermes não negociam com ninguém — resmungou Tsai.

— Sei que está com raiva deles, Tsai, mas não podemos deixar de tentar. Se conseguirmos resgatá-la sem derramamento de sangue, melhor.

Virei-me para o *china-líder-destemido*.

— Quanto a vocês: mande um grupo entrar lá por cima, está vendo? Tem uma janela que dá para o edifício ao lado. Subam até lá. Os outros, encontrem uma entrada por trás. Se a coisa degringolar, vocês entram e a gente parte para a pancadaria.

— Qual vai ser o sinal? — ele me perguntou.

Calcei o coldre por cima da batina e apontei para as minhas duas FN-1910. Ele entendeu o recado. Pouco depois de distribuídas as ordens, eles partiram, e nós demos o tempo de um cigarro bem fumado antes de atravessar a rua.

— Lá dentro, se tudo der errado, o chefe vai tentar me acertar primeiro — eu disse para Moura. — É o que eles fazem, certo? Matem a cabeça, o corpo desmorona e toda aquela porcaria. Aproveite a chance, se surgir. Pegue a Kang e dê o fora.

Moura piscou os olhos. Entendi que ela tinha entendido. Ou que não estava nem aí.

Diabos de mulher.

Bati na porta do clã dos demoníacos matadores de aluguel.

Foi preciso espancar a porta uma segunda vez antes que uma janelinha se abrisse.

— Que *querer*? — perguntou uma voz que partia entre dois olhos pequenos e um nariz minúsculo.

— Preciso falar com o seu chefe — pedi.
— Não *ter* chefe aqui. Vá embora.
— Disse que quero falar com o seu chefe — repeti.
— Padre maluco. Aqui, passador de roupas. Chefe *dormir* em casa. Vá embora.
A conversa deu no saco. Peguei a minha pistola e apontei para o meio dos olhos do chinesinho.
— Abra esta merda. Agora.
Ele me lançou um daqueles olhares *morra, desgraçado*, mas eu já estava mais do que acostumado com a princesa Moura para dar bola para isso. Relutante, ele abriu as portas.
— Agradecido. Agora, vá avisar o seu chefe. Queremos propor um negócio.
O chinês saiu correndo, irritado.
— Por que deixou ele ir embora? — perguntou Tsai.
— Porque não adiantaria mantê-lo sob a mira do revólver. O chefão tem que saber que estamos aqui para negociar.
Guardei as armas e seguimos pelo corredor sujo e escuro que o chinesinho atravessara. Pouco depois, membros do clã apareceram da escuridão.
— Eles estão atrás de nós — choramingou Tsai.
— Estão, não é?
Aquilo deveria soar autoconfiante, mas eu suava abjetamente, mesmo no frio do outono nova-iorquino. Sabia que poderíamos ser trespassados pelas espadas antes mesmo que eu pudesse gritar um último *merda*, mas confiava que tinha deixado o chefe do clã suficientemente curioso para nos receber.
Havia uma porta no final do corredor. Abri a maçaneta e entrei.
Estávamos em uma sala mal-iluminada e espartana. Nada de pompas chinesas aqui, sabichão. Perto de uma parede havia um *bodhisattva* com uma expressão estranha. Várias velas estavam acesas ao seu lado.
E mais nada. Nem uma mesa, cadeira, cortina ou aquelas lamparinas fedorentas.
Um painel nos fundos se abriu e um sujeito entrou. Ele devia ter passado dos trinta anos, mais ou menos. Cabelos curtos. Não trazia armas.

O desafio era claro: este é meu lar. Não preciso de proteção aqui. É só estalar os dedos e vocês caem mortos.
Um sujeito bacana.
Fiz uma reverência e ele se apresentou.
— Eu sou o Dragão — disse, num inglês bastante razoável. — Quem é você e o que quer aqui?
— Eu sou o Padre e represento os interesses de Jiao Kang — respondi.
Ele nos observou com interesse.
— Ela foi alvo de um contrato — ele disse, afinal.
— Eu sei. Queremos renegociar o contrato.
Ele me lançou um olhar de desprezo. Isso sempre é um mau sinal.
— Impossível. Contratos não podem ser renegociados.
— Achei que fosse um negociante.
— Negocio minha espada, não a minha honra.
Merda.
— Fui autorizado a dobrar a oferta — menti, torcendo para que o misterioso contratante não tivesse oferecido muito ou a Madame "Gelo" Dyer iria me matar por esvaziar os cofres da Irmandade.
— Não está em discussão.
Certo. Hora do plano B.
Dei um passo para trás, como se estivesse recuando e, com um golpe rápido, acertei-lhe um soco no maxilar. Foi como bater em outra pessoa. Meus dedos queimaram, mas ele mal se perturbou.

Tentei sacar a arma, mas levei um coice no queixo que me derrubou. Quando minha cabeça parou de girar, vi que ele me ignorara e partira para cima da Moura.

Aquilo me deixou magoado, mas só um pouquinho.

Saquei minhas armas no exato momento em que a porta explodiu atrás de nós. Crivei a entrada com balas e devo ter derrubado uns dois ou três. Os desgraçados eram rápidos.

O primeiro estava desarmado e eu sorri. Idiotice minha. Ele veio pela minha direita e eu não consegui desviar do seu golpe — Jesus misericordioso, eu nem vi a porcaria do golpe vindo! Caí no chão novamente e cuspi um dente. Será que a Irmandade tinha plano odontológico?

Levei um coice na barriga, o que foi bem feito. Nunca se

distraia em uma briga, ou ela pode ser a última. Rolei no chão, o que me deu espaço para que pudesse me levantar. Consegui aparar um segundo golpe e até mesmo um terceiro, mas surgiram mais dois malditos ninjas chineses e eu comecei a apanhar. A sorte é que os meus disparos haviam dado o alarme. Depois do décimo terceiro ou décimo quarto golpe, de que bravamente me defendera com o rosto, a porcaria da sala foi invadida pelos nossos amigos sanguinários da Tong Águias Negras.
— Onde vocês estavam? — rosnei, cuspindo sangue.
— O lugar é grande — respondeu o *chinês-da-varíola*.
Deixei os assassinos sinistros se entendendo com os assassinos de aluguel e fui até Tsai, que estava encolhido em um canto. Enquanto falava, recarregava as minhas pistolas.
— Tudo bem, moleque?
— E a minha mãe?
Era uma danada de uma boa pergunta. Moura havia saído alguns momentos atrás, perseguindo o chefe Dragão. Tinha visto alguns momentos da luta, enquanto apanhava de um ou de outro. Ela era boa, mas o sujeito também era. Seria uma delícia vê-los em ação, se não tivéssemos mais o que fazer.
— Vamos encontrá-la — prometi.
Passamos por um corredor pequeno, onde dois corpos agonizavam, até entrarmos no depósito propriamente dito. O *china-doido-da-Tong* tinha razão. O lugar era enorme e estava cheio de lutadores usando seus conhecimentos milenares para infligir o máximo de dor possível em seus oponentes. E mesmo que isso soasse como uma aula grátis de pancadaria, minha prioridade era achar a velha Kang e tirá-la dali com o seu filho covardão.
Segui o som da luta. Era fácil perceber a diferença entre os lutadores mortíferos que abundavam ali dentro e os vagabundos de rua. Havia muito mais PLAFT! TUM! e PAM! do que ARGH! AI! UGH! ESTOU MORRENDO!
Em uma sala anexa, Moura e Dragão dançavam ao redor do corpo da Jiao, distribuindo golpes. A princesa estocava com as cimitarras enquanto o chinês usava uma longa *katana*.
Infelizmente, minha entrada não foi providencial — o que poderia ser quase a porcaria do mote da minha vida. O Dragão

puxou Tsai pelo braço e colocou um punhal em seu pescoço. Levantei a minha pistola.

— Duas coisas, ô, motorista do Besouro Verde[23]: a bala é mais rápida do que a lâmina e eu nunca erro a esta distância!

— A lâmina é envenenada — disse o Dragão, simplesmente.

Merda. Qualquer arranhãozinho e o garotão já era. Ressuscitar a mãe depois de perder o filho não era algo que estivesse em meus planos.

O Dragão apertou um pouco mais a lâmina no pescoço de Tsai e rosnou.

— Acordo?

Eu e a Moura nos entreolhamos. Os Tongs estavam ganhando. Em pouco tempo, teríamos o controle do pardieiro. Mas isso não serviria para nada se a Kang mãe ou o Kang filho morressem. E, de qualquer maneira, não tinha nada contra o dragãozinho.

— Liberte o garoto e chame seus homens. Nós partimos com Jiao Kang.

Ele assentiu com os olhos e uma ideia me ocorreu.

— Também quer o dinheiro? Então, abra o bico. Quem é o teu chefe?

Ele gargalhou. Não gostei disso; fico sempre com a impressão de que estou fazendo o papel de idiota.

— Padre idiota (*não disse?*). Homem branco é tudo idiota.

Sim. Só nós, espertinho. Era por isso que você e seus amiguinhos tinham vindo para cá para viver como imigrantes e lavar lençóis.

— Me mostre o dinheiro — ele me pediu.

Fiz um sinal de concordância antes de procurar a carteira na batina. Perdi o contato visual por apenas um segundo, mas foi o suficiente.

Ele lançou Tsai contra mim e nós caímos para trás. O sujeito tentou fugir pela porta, mas o garoto foi mais rápido. Ele arrancou a pistola do meu coldre e disparou três vezes contra o Dragão.

[23] N. A. O Besouro Verde estreou no rádio em 31 de janeiro de 1936 e se tornou um sucesso desde então. Três décadas depois, a ABC filmaria a famosa série com Bruce Lee como Kato e Van Williams no papel principal.

Estava morto antes de cair no chão.

— Merda — rosnei, antes de me levantar, sentindo dores em mais lugares do que poderia imaginar que existissem.

Verifiquei o corpo do Dragão só por descargo de consciência — ele poderia estar usando um colete à prova de balas, não é? Mas estava morto.

— Você poderia ter acertado a perna ou um braço — reclamei para Tsai.

— Ele sequestrou minha mãe. E tentou me matar — o garotão respondeu, cuspindo.

Era um bom argumento.

— Você está com uma cara horrível — disse Moura, limpando o sangue da cimitarra.

— Obrigado, amor — resmunguei para ela antes de me virar para o *chinês-da-cara-feia-e-cheio-de-novos-cortes*, que tinha acabado de aparecer.

— Vencemos — anunciou o líder dos guerreiros Águias Negras.

— Estou vendo. Precisamos levar Jiao Kang daqui.

— Há um riquixá aqui — ele disse.

— Perfeito.

Na verdade, perfeito seria a porcaria de um carro. Um Renault 4CV de preferência, mas eu estava aceitando até uma daquelas camionetes americanas beberronas de gasolina e que pareciam ser um pouco mais do que uma carroça com motor. Mas, naquelas horas e com o meu baço explodindo em dor, qualquer coisa era coisa.

Uma hora depois, mais ou menos — desmaiei parte do caminho e fui levado no tal riquixá com a chinesa que supostamente estava indo salvar —, chegamos no Pagode dos Nove Pináculos.

— Você está horrível!

— Tô sabendo, Lovecraft — resmunguei, cambaleando.

— O que houve?

— Um monte de merda. Cadê o Golem?

— Está lá atrás. Cláudia o trouxe na ambulância.

Torci o pescoço e ele me explicou que Madame Dyer havia adquirido um *Buick Roadmaster Station Wagon* e o transformado em uma ambulância. Espiei pela janela. Havia servido no fronte, durante a última guerra, e conheci muitas ambulâncias.

Por dentro e por fora. Aquilo não parecia uma ambulância, mas dava para entender o plano. Pintada de branco, com uma sirene e uma luz vermelha no teto, ela passaria incólume pelas autoridades. E a traseira fechada ocultaria o nosso monstro de barro samaritano.

— Ótimo — grunhi e me tranquei no banheiro para me lavar.

Obviamente, Lovecraft e Moura tinham razão. Eu estava *realmente* horrível. O olho esquerdo estava inchado e havia um corte pavoroso no supercílio direito. O meu peito e os braços pareciam um mapa rodoviário, cheio de cortes menores e hematomas. Em suma, eu parecia um espécime perfeito para uma aula de anatomia comparada.

Saí e fui ter com Lopan.

10. Descendo aos Porões do Inferno Chinês

ASSIM QUE ENTREI NO SALÃO PRINCIPAL, ENCONTREI GOLEM. Ele trazia o tal cutelo nas mãos, um instrumento que deve ter sido confeccionado especialmente para ele. A coisa poderia ser usada para destrinchar um urso pardo. Dos grandes.
— Pronto para a ação, grandão?
— Não gosto de demônios.
— É este o espírito — eu disse, acendendo um cigarro. — Você leva a velha.

Ele foi até o riquixá e, com uma delicadeza estranha para um sujeito daquele tamanho, pegou o corpo magro e raquítico da Sra. Kang em seus braços poderosos. Eu recarreguei as pistolas e amarrei a *katana* nas costas. Lovecraft e Moura fechavam a fila.

Estávamos prontos.

Lopan bateu palmas e dois dos seus criados abriram uma porta escondida por trás de um painel. Havia mais trancas ali do que eu conseguiria contar, o que não era um bom agouro. Quando a porta se escancarou, em vez dos painéis coloridos e brilhantes do Pagode dos Nove Pináculos, vi uma escada de pedra cheia de limo e fedorenta que descia para os quintos dos infernos.

Resignado, estiquei os músculos antes de seguir Lopan para o interior de Chinatown.

Moura pareceu hesitar por um momento, mas nos seguiu.

Aquele lugar era algo diferente de tudo o que eu já tinha visto. Uma vez, acabei preso nas catacumbas de Paris por três intermináveis dias. Estava perseguindo uma gárgula que tivera a brilhante ideia de redecorar as igrejas da cidade com ossos humanos. Frescos. Fiquei tanto tempo lá dentro que cheguei a travar amizade com uma das milhares de ossadas que faziam de lá o seu descanso eterno. O ar era parado e seco, e a presença de fantasmas era tão comum que eu já nem mais ligava.

Mas ali havia algo pior, muito pior. Já enfrentei o maldito Conde por duas vezes e, por tudo que já foi sagrado, o desgraçado parecia um calouro frente ao mal que exalava daquele lugar. Havia pedras naquele lugar mais velhas do que qualquer túmulo cristão. Um lugar de história impenetrável. De muros construídos com pedras mais antigas. De maldições e orações negras.

Resumindo: um lugar ferrado pra cacete!

A iluminação fantasmagórica proporcionada pelas nossas poucas lanternas também não contribuía muito. Seguindo nosso amado líder espiritual, descemos pelos degraus, a lama esmagada pelos nossos pés tornando o caminho cada vez mais escorregadio e perigoso. Atravessamos uma floresta de raízes apodrecidas (o Pântano das Árvores Mortas), uma caverna pestilenta (A Gruta da Perdição Eterna) e túneis que não se acabavam mais (O Labirinto da Morte Etérea).

Jesus! Aqueles chineses sabiam mesmo como batizar seus lugares turísticos.

Alcançamos um vasto salão, totalmente tomado por um poço tão profundo e negro que parecia a garganta de algum demônio ancestral.

— Diabos! Onde inferno nós estamos? — perguntei, olhando para o buraco.

— Aqui não é o inferno, Padre. Estamos encarando as profundezas sem fim do Grande Fosso — explicou Lopan.

— Certo. Ajudou um monte — resmunguei de volta.

— O Diyu é a cidade dos mortos — ele continuou. — O Grande Fosso é um dos 134 caminhos para o trono do rei Yama e o seu grande tribunal.

— E estes caminhos estão todos selados?

— Não.

— Por que não?

— Alguns merecem o castigo do rei Irado, Padre.

Era isso o que deveriam chamar de *sabedoria chinesa*, pensei, concordando.

Uma corrente de ar frio escapou de um dos túneis. Lopan apontou sua lanterna e um vulto escuro moveu-se rapidamente em nossa direção. Ergui minhas duas pistolas e estava prestes a dar o sinal de alerta quando o velho chinês me impediu com um gesto. Algo se movia pelo chão, rastejando em uma lentidão maliciosa e servil.

— Uma *è gui*! — disse Tsai baixinho no meu ouvido. — Um fantasma faminto das profundezas mortas.

Analisei a criatura com um olhar profissional e crítico. Ela não era muito grande, quase do tamanho de uma criança pequena, e tinha cabelos grisalhos compridos e gordurosos. Sua pele era escamada e de um tom azul-petróleo. Havia garras afiadas que partiam dos dedos, que tateavam no chão. Não precisei ver seus olhos comidos por insetos para deduzir que aquela coisa que arrastava lentamente o corpo pela caverna era completamente cega.

Ela cheirava, fungava e virava a cabeça de um lado para o outro, procurando sem cessar. De vez em quando, seus dedos retorcidos encontravam algum verme ou outro ser rastejante, que sumia rapidamente para dentro da sua boca mole e disforme.

Senti que o toque frio das minhas pistolas se tornou subitamente mais pegajoso quando ela atravessou a nossa pequena comitiva.

— Ela só se alimenta de coisas mortas ou vermes — explicou Lopan. — Não precisa se preocupar com ela.

Continuamos rapidamente, deixando a besta demoníaca para trás. Logo após, margeamos a costa de um rio subterrâneo cujas águas pareciam borbulhar um espesso líquido negro.

— Diabos de água negra fétida — reclamei.

— Isso não é água. É o sangue negro da terra — respondeu Lopan.

— Quer dizer petróleo?

— Quero dizer sangue negro da terra.

Para mim, parecia petróleo. Continuamos descendo e alcançamos um novo patamar. Nossos passos se tornaram mais lentos; Lopan adotara um padrão cauteloso: passo e escuta. Em dado momento, Tsai escorregou e quase caiu ao chão, fazendo um estardalhaço. Moura olhou feio para o rapaz, mas Lovecraft apenas deu-lhe um tapinha no ombro, encorajando-o. Afinal, sua mãe jazia adormecida e sabia-se lá quais macabras surpresas nos esperavam mais à frente.

Um pouco depois, Lopan arfou, estacou subitamente e apontou para um vão.

— Estamos nos aproximando. Nosso destino final está nos últimos degraus daquela escada.

Não gostei do tom usado por Lopan, mas, para falar a verdade, não gostava e tampouco confiava nele e em seus modos afetados.

Havia uma porta de madeira com vários anéis de ferro. Aquilo não parecia a entrada de um templo, estava mais para uma prisão, mas aqueles chineses eram meio esquisitos. Na verdade, vivíamos todos em tempos esquisitos naquele pós-guerra.

Golem deixou a Sra. Kang nas mãos do filho e de Lovecraft e usou a sua prodigiosa força para abrir as portas. A sujeira incrustada por décadas rasgou-se com um irritante barulho de óleo ressecado, arranhando nossos ouvidos.

Um cheiro, como se mil estábulos tivessem sido abandonados ali uns dois séculos atrás, atacou as nossas narinas.[24]

O Templo do Demônio fora escavado diretamente na rocha. Havia apenas um salão, decorado por alguns Budas Negros em péssimo estado de conservação e o tal monstro tentacular desenhado no chão. No centro, um altar simples de pedra era utilizado para adoração. Havia dois riscos escavados que escorregavam até um pequeno orifício em uma das pontas.

— Sacríficos humanos — comentou Tsai, estremecendo.

— Jovens eram sacrificados perto da lua cheia para acalmar Hastur. Oferendas mais velhas e sábias eram mantidas em câmaras subterrâneas até o momento oportuno.

— Que seria? — perguntei, arrependendo-me ao ouvir a resposta.

— A vingança contra alguém em particular.

Merda. Aquilo não era nada bom.

— Certo, Rei do Pagode — eu disse, virando-me para Lopan. — O que faremos agora?

---

[24] *Eu nunca fui um simpatizante fervoroso de Hércules, mas se ele conseguiu limpar as estrebarias de Augias em um dia, e se aquilo fedia a metade do que estávamos sentindo... Bem, certamente isso valeria uma cerveja Ale no lado de cá do oceano.*

O mestre chinês se virou depois de examinar o altar.
— Vamos invocar o demônio — ele disse.
— Isso não me parece um plano muito inteligente — comentei, olhando para os lados. — Nós vamos acabar sendo obrigados a lutar contra esse dragão de olhos verdes, não vamos?
— Ao invocarmos a Cria de Hastur, sua força no plano espiritual vai se esvaziar — continuou Lopan, me ignorando. — Kang se libertará. Se ela ainda tiver forças, poderá retornar ao seu corpo.
— Quanto tempo?
— Apenas alguns momentos.
— Um segundo? Trinta segundos? Dois minutos? — insisti.
— O tempo necessário para que Kang trave a grande viagem do mundo espiritual até o seu receptáculo de carne.
— Ou seja, você não tem a mínima ideia, não é? — grunhi, recebendo apenas um sorrisinho como resposta.
Virei-me para a nossa pequena trupe.
— O negócio é o seguinte: o dragão demônio é grande, verde e mal-humorado, mas acho que podemos lidar com esta lagartixa por algum tempo.
— Nós vamos acabar mortos.
Sorri para Lovecraft.
— É uma possibilidade. Mas nós estamos aqui porque somos a porcaria de uma agência clandestina que lida com estas coisas.
— Tenho quase certeza de que Madame Dyer não nos definiria assim, mas o Padre tem razão, Lovecraft — disse Moura.
— Este é o nosso trabalho.
— Eu sei. Só acho que tem alguma coisa muito esquisita por aqui — resmungou ele, falando baixo.
— Também acho — falei, concordando. — Fiquem de olho no Lopan. Esse mago de araque pode querer aprontar alguma.
— Minha cimitarra destroçará seu pescoço impuro se ele tentar nos trair — disse Moura.
— Certo. É uma boa ideia. Mas maneire no fatiar das carnes. Ele é o único que pode trazer Kang de volta.
— Vocês estão prontos?

Era Lopan, que acabara de acender meia dúzia de incensos e velas no altar. Eles haviam depositado o corpo de Kang na pedra; seu filho orava, os olhos fechados em prostração.

— Vamos começar.

A cantoria em mandarim era enrolada demais para que eu sequer tentasse entender alguma coisa. Fiquei de olho em Lopan, mas ele parecia entretido demais na invocação, os olhos cerrados e o corpo rígido como pedra.

Algo acariciou a minha nuca e eu me virei. Não havia ninguém. Achei que era apenas um pouco de vento encanado, mas logo percebi meu erro. O vento começou a ficar mais forte e açoitou minha batina, quase me derrubando. Era como se os tampões do inferno tivessem finalmente se libertado.

As velas se apagaram e os incensos brilharam com mais força no templo escuro. Algo pesado se aproximava e o som de pancadas fortes e ritmadas invadiu a caverna.

O demônio estava chegando.

11. A Cria de Hastur

O CORPO COMPRIDO DO DEMÔNIO ATRAVESSOU O ARCO QUE DAVA PARA UM CORREDOR ESTREITO. Não havia dúvidas de que ele vinha diretamente em nossa direção. Retesei os músculos. Aquilo ia ser difícil.
Se antes o demônio parecia apenas um sonho ruim, agora o desgraçado era bem real. Dava para ouvir a sua respiração pesada, seu passo corpulento e as escamas se dobrando entre a massa de músculos e fúria. Os tentáculos em suas fuças se contorciam como gavinhas.

Aproximem-se e morram.

Eu já tinha visto uma anaconda gigante, dois monstros submarinos e até mesmo o Demônio de Jersey. Mas nunca imaginei que veria um dragão, mesmo que ele mais lembrasse um lagarto superdesenvolvido do que um dragão. Mas, com mil demônios! Aquele era um dragão! Só faltava soltar fogo pela boca!

— Será que ele solta fogo pela boca? — perguntou Lovecraft.

Abri um sorriso.

— É melhor não darmos chance para descobrir — sugeri, falando alto.

Lopan continuou cantando. Hastur balançava o rabo, agitado, o ódio ardendo nos seus imensos olhos esverdeados de pálpebras pesadas. Ele derrubou uma das poucas estátuas que continuavam em pé.

Tolices mortais. Encantamentos. Ervas. Não sabem o quanto seus esforços são inúteis?

— Enquanto ele se contentar em redecorar o lugar, fiquem onde estão — sibilei. — Precisamos de tempo para que Kang retorne.

Os olhos verdes do demônio brilharam mais uma vez e eu tive uma sensação estranha. Encarei-o e vi ali dor e irritação, mas também percebi malícia e desafio. Tinha alguma coisa errada.

— Argh!
A cantoria desapareceu e eu me virei, assustado. Lopan me encarou com os olhos estranhos antes de desabar no chão, a barriga trespassada por um punhal. Atrás dele estava Tsai, com uma expressão satisfeita nas faces.
Eu posso não ser um sujeito brilhante, mas ainda sei reconhecer uma traição quando enxergo uma. Disparei duas vezes contra o rapaz, mas ele se escondeu atrás do grande altar. Foi a deixa para que o lagarto demônio atacasse com tudo.
— Merda, eu sabia que nós teríamos que lutar contra esse desgraçado! Eu sabia! — berrei, detestando estar sempre com a razão.
Hastur não deixou por menos. Bufando de fúria e satisfação, ele avançou, mordendo e balançando a cauda, arrasando tudo pelo caminho.

Vocês não terão chance para gritar. Vou dissolvê-los em um caldo putrefato de sangue e entranhas.

Golem saltou contra a sua cabeça e, por um momento fugaz e imensamente feliz, achei que ele conseguiria estrangular o bicho demoníaco, mas o dragão era mais forte. Com um grande movimento do pescoço, ele lançou o nosso amigo de barro até uma das paredes de pedra, que racharam pelo impacto. Golem caiu no chão num baque surdo que fez o templo todo estremecer.

Tolos. Eu sou um demônio. Eu corrompo a carne. Eu estava aqui quando suas almas foram criadas.

Enquanto Hastur cansava nossos ouvidos, Moura atacava, tentando estocá-lo com suas lâminas, mas o couro era duro demais. Mesmo na penumbra do templo, o espetáculo proporcionado pela princesa era algo bonito de se ver. Ela era rápida e mortal, quase uma força da natureza.
Ajudei-a como podia, esvaziando os pentes da minha FN-1910 na carcaça do desgraçado, mas não fiz nada além de irritá-lo. Ele girou a cauda contra as minhas pernas e saltei, mas

foi tarde demais. Uma das escamas acertou o meu pé e eu rodopiei no ar antes de cair de costas no chão, sem fôlego.
Eu sou a reconstrução. Eu sou a Nova Ordem. Eu sou o poder encarnado.
Sentindo as costelas arderem, me arrastei até onde estava o mago Lopan, enquanto Golem voltava à carga.
— Você está vivo?
— Por enquanto — resmungou o chinês, deixando escapar um gorgolejo de sangue.
Porcaria. Hemorragia interna.
— E agora?
Lovecraft se aproximou, abaixando-se para não ser atingido pela cauda do demônio.
— Se Tsai traiu a mãe, ele deve ter aprisionado a alma de Jiao Kang em algum lugar — ele disse. — Isso explica porque ela ainda não voltou.
Lopan concordou, antes de segurar meu braço com a mão cheia de sangue.
— Pegue-a de volta.
Certo. Vamos pegar uma alma.
Levantei-me e saquei a *katana* das costas.
— Ouça, garotão! — gritei por cima da balbúrdia (Hastur continuava falando enquanto lutava, torrando nossa paciência). — Já estamos aqui embaixo há um tempão, minha batina foi arruinada e este cheiro só vai sair do meu cabelo daqui umas duas semanas. Ou seja, eu estou com um mau humor dos diabos. Me entrega a alma de sua mãe e eu prometo não lhe dar uns cascudos!
O garoto levantou-se e abriu um sorriso cínico que só podia significar encrenca.
— Aprendi muito com a minha mãe.
— E agora quer sacanear ela? Muito legal da sua parte — reclamei.
— Ela não é só uma feiticeira. É mestre em várias artes marciais.
Ah, merda...
Ele saltou para o alto. Virei-me com a espada, mas, de alguma forma, o pé dele já estava na minha cara e eu senti a sola das suas sandálias arrebentar meu maxilar.

Rolei no chão, tentando absorver parte do impacto, mas não fui muito bem-sucedido. Aquilo ia doer absurdamente no outro dia.

Se eu ainda estivesse vivo.

Levantei-me apenas para ser jogado de costas no chão. Fiquei sem fôlego com a queda e a situação só piorou depois que eu levei uns bons chutes nas costelas. Recolhi os braços e evitei que a minha situação piorasse, mas aquilo não poderia durar para sempre. Aproveitei um novo chute do maldito *chop suey* para girar seu pé em pleno ar, tentando torcê-lo, mas ele era bom demais. Ele torceu *ainda* mais a perna, girando completamente o tronco antes de me acertar um coice com a outra perna.

Cambaleei para trás e cai ao lado da Moura, que tinha acabado de estocar uma das pernas de Hastur, sem muito sucesso.

— Ai! — reclamei.
— O que você está fazendo?

Como sempre, a sua voz era carinhosa e meiga. Só que não.

— Tsai é um traidor.
— A gente meio que deduziu isso. Por que você está apanhando dele? — perguntou ela, com os olhos vermelhos e duros.
— Não foi como se eu tivesse planejado isso! O sujeito é bom.
— Então, seja melhor! Resolva a questão!

E pulou para o meio da luta, me deixando com a cara no chão.

Mulherzinha irritante.

Levantei-me.

— Chega desta palhaçada — grunhi, olhando feio para o rapaz. — Largue isso agora. Você não quer matar a sua mãe!
— Na verdade, eu quero. É a minha parte do acordo, sabe? A alma dela pelo dinheiro. O dinheiro recolhido pela Cria de Hastur para eu me libertar desta vida miserável.
— É a sua mãe!

O garotão me olhou com toda aquela petulância que somente os jovens conseguem cultivar.

— Você não sabe de nada — ele disse, cuspindo. — Não sabe como é limpar os vômitos dos pedintes. Do seu fedor. Uma

vida de humilhações e miséria. Não sabe como é ser o filho de uma lenda viva!
 Fiquei quieto por um instante. É difícil discutir com a verdade e eu conhecia muito bem aquele tipo de relacionamento para simplesmente ignorá-lo.
— Tenho uma noção disso, rapaz — respondi, pensando em meu *pai*. — Mas isso não lhe dá o direito de matar a própria mãe. Me dê a porcaria da alma dela!
— Não! — rosnou Tsai, escondendo um frasco no meio das roupas. — E você não pode me deter. Não pode fazer nada contra um mestre.
 Ele saltou e eu comecei a apanhar novamente.
— Isso é um golpe de *aikido*! — ele disse, gritando e desferindo golpes. — E isso é um contragolpe do Wing-Chun! Este é o chute do Shaolin Quan! E este é um soco Bajiquan!
 Mal conseguia vê-lo, quanto mais bloquear seus golpes. O rapaz era bom. Muito bom. Mas sabem o que dizem, não é? O diabo sabe mais de velho do que de diabo.
 Baixei propositadamente a guarda, como se estivesse perdendo as forças. Ele se aproximou, pronto para decidir a parada, quando eu segurei os seus dois braços.
— Hã?
— Um golpe das gangues do Rio Sena — resmunguei, acertando-lhe o nariz com a minha testa.
 Seus olhos encheram-se de lágrimas enquanto uma cascata de sangue escorria do nariz quebrado.
— Não viu isso vindo, não é? — disse, exibindo-me um pouco antes de acertar-lhe um soco. E mais outro. E um último, para dar sorte.
 Tsai caiu e não se levantou mais. Meio que cambaleando, peguei o frasco dos seus bolsos e fui até Lopan.
— E agora? O *chop suey* já era.
— Você precisa devolver a alma para Kang — resmungou ele, com a voz cada vez mais fraca. — Precisamos de um mestre para expulsar Hastur.
— E como é que eu faço isso?
— O frasco que o filho ignóbil carregava. Abra-o.
— Só?
— Você pode rezar também — sugeriu, com um sorriso amargo. — Acho que vamos precisar.

— O sujeito lá em cima já me esqueceu há tempos — resmunguei, mas, pelo sim, pelo não, beijei o crucifixo e murmurei algumas palavras enquanto segurava o tal vidrinho.

Então a alma de Jiao Kang está aprisionada aqui dentro?, pensei, erguendo o frasco. Caramba, já tinha visto muita coisa esquisita neste ramo de trabalho, mas aquela batia quase todas as outras.[25] Tirei a rolha com uma certa reverência, esperando o espocar de canhões, fumaças ritualísticas e toda aquela porcaria que sempre acompanhava a abertura de um artefato místico (o que, via de regra, é sempre algo estúpido de fazer).

Mas, para minha decepção, só senti um ventinho.

Olhei para dentro do vidrinho, mas ele estava mais vazio do que a cabeça de muita gente que conhecera nos últimos anos. Mas foi só o tempo de me virar para que os olhos de Jiao Kang se abrissem.

— Você está viva, Sra. Kang — disse, bastante satisfeito comigo mesmo.

— A Cria de Hastur não queria me matar — ela disse, tossindo. — Só queria o meu corpo. E, para isso, ele precisava consumir a minha alma.

— Por quê?

— Para viver neste mundo novamente. Seu corpo foi destruído em um enfrentamento antigo, mas ele é um demônio e não pode morrer. Por décadas, ele buscou um corpo sem alma. Foi este o acordo que ele fez com Tsai.

Olhei para o garotão caído e senti uma onda de desprezo. Se não tivesse quebrado seu nariz, teria lhe dado mais uns sopapos.

— Bom, o acordo já era. Sua alma está de volta e não há mais ninguém aqui... Ah, porcaria!

Tive um espocar de compreensão e senti a bile invadir minha garganta. Com todos os músculos doendo, me levantei num salto.

---

[25] *Havia duas exceções óbvias: o Autoflagelador de Connecticut e o Fazedor-de-Bonecas de Hanôver. E. Fazedor-de-Bonecas. Não pergunte.*

— Moura! Tire Golem daqui! Tire...
Neste momento, o grandalhão acertou um soco em Hastur e o corpo do lagartão murchou como um balão.
— Golem?
Ele se virou para mim, com os olhos brilhando em verde.

Tarde demais, homenzinho.

Merda!

12. Golem-Hastur

GOLEM-HASTUR OLHAVA PARA AS PRÓPRIAS MÃOS, PROVAVELMENTE ADMIRANDO O PRÓPRIO CORPO.
    Lovecraft foi o primeiro a recobrar a fala.
    — A Cria de Hastur o possuiu?
    — Adivinhão.
    — E agora?
    — O plano não mudou. Precisamos derrubá-lo.
    Golem-Hastur gargalhou com seus dentes de tiranossauro.

Abandonem a esperança! Eu sou um demônio de mil séculos e este corpo é invencível. O que vocês podem fazer?

    — Fechar a sua matraca já seria uma boa ideia.
    E descarreguei as duas pistolas.

Experimento nº 7, Padre. Balas não podem ferir este corpo.

    Moura também não parecia ter muitos escrúpulos. Quando atacou, sua ferocidade era pior do que nunca. Talvez porque tivesse um entendimento melhor do que estávamos enfrentando; ou talvez porque considerasse o homem de barro um amigo e estivesse querendo vingá-lo do ultraje. De todo modo, suas lâminas cortavam e retalhavam o Golem-Hastur, que se esforçava para pará-la. Ele era forte, mas era lento. Ela era rápida, mas não era invencível. O resultado final era óbvio.

Vejo a magia impregnada em sua carne, mulher. Mas o rei Lagarto não é nada. Sua força é como um farfalhar das folhas. Eu sou um furacão!

    Puxei minha *katana* e estava me preparando para a luta quando alguém puxou o meu braço. Era a pequena e velha Jiao Kang.

— Fique atrás de mim, senhora. Vamos protegê-la — eu disse.

Ela me lançou um sorriso condescendente e deu dois tapinhas no meu braço antes de dar um passo à frente.

— Cria de Hastur!

O demônio-dragão-no-corpo-do-golem parou de tentar estripar Moura e se virou, olhando feio para Kang.

A velha feiticeira recobrou a alma. Mas isso não lhe servirá de nada quando eu devorá-la.

Kang abriu um sorriso. Golem-Hastur abriu os poderosos braços e saltou na direção da feiticeira. Eu acho que gritei, mas não saberia dizer. Kang fez um gesto rápido e abriu um pequeno pote.

Houve um clarão insuportável e um grito horrível. Uma luz verde partiu dos olhos do Golem como uma chama amaldiçoada e, então, o seu corpo caiu no chão, fazendo as paredes racharem.

Quando me recobrei, vi Golem levantando-se, atordoado, e Hastur de volta ao antigo corpo, os olhos ardendo em vermelho.

— O que foi isso?

— A luz da lua — respondeu a velha.

— A luz da lua estava naquele vidrinho?

— Sim. A luz de um ano novo lunar.

Não tinha forças ou vontade de contestar aquilo. Hastur parecia ferido e aceitei de bom grado a explicação.

— Hastur está enfraquecido — disse ela, sentando-se, sentindo o corpo ainda enfraquecido pela longa inatividade.

— Sua proteção foi perdida e ele está cego. Derrubem-no enquanto eu trato do meu irmão.

— Irmão? — perguntei, olhando para Lopan.

Kang apenas me olhou e eu dei de ombros. Aquilo era chinês demais para mim. Aproximei-me dos meus amáveis liderados enquanto recarregava as pistolas.

— Ele está cego — informei.

— Mas continua indestrutível.

— Por aí, Lovecraft.

Vocês divertem Hastur. Seres de carne. Mortais. Não passam de sombras em um mundo que não compreendem. Serão consumidos pela minha ira. Eu sou...

— Um puta chato! — rosnei, disparando novamente as pistolas e berrando. — Nós somos a Irmandade do Olho do Corvo! Temos distintivos oficiais, apertos de mãos secretos, roupas legais e estamos de saco cheio!

O monstro recuou. As feridas não cicatrizavam imediatamente como antes, mas também não eram fortes o suficiente para fazê-lo cair. Mas ele calou a boca, o que já foi uma benção.

— Não gosto que roubem meu corpo — disse Golem.

— Nem eu. Mas...[26]

Nunca terminei a frase. Golem levantou um dos budas negros caídos como se fosse um peso de papel e lançou contra as costas arqueadas da Cria de Hastur. O demônio gritou de dor e fúria e partiu em direção ao homem de barro, que batia as palmas das imensas mãos, atraindo a atenção do lagartão.

Ele avançou contra Golem, mas, com uma agilidade imprópria para um dragão daquele tamanho, o desgraçado se virou na minha direção, jogando todo o peso do corpo. Caí de costas no chão e meus pulmões reclamaram. Tentei afastar o focinho com os braços, mas não era fácil parar um dragão furioso. Sua boca cheia de dentes do tamanho de punhais estava a poucos centímetros do meu rosto enquanto a criatura me envolvia num fedor quente e desagradável. Os tentáculos roçavam minhas faces. Percebi que Golem tentava

---

[26] Já fui possuído três vezes. Nenhuma delas foi uma experiência agradável, apesar de ainda sonhar com a Bruxa de Essex. A garota tinha uma imaginação e tanto.

puxá-lo pelo rabo, mas o lagartão só precisaria de mais alguns segundos para me enviar para o inferno.
Morra, Padre! Morra e alimente meus irmãos! Morra!
Forcei a sua mandíbula com o resto das minhas forças, mas era uma luta inglória. Com um rugido, ele ergueu subitamente o pescoço esguio e me encarou com os olhos cegos. Então, abriu a bocarra e preparou a mordida.
Súbito, uma cascata negra e com o cheiro de poças estagnadas cobriu meu peito, quase me afogando. Senti uma dor excruciante na garganta quando aquele líquido alcançou minha boca. Cuspi e tossi enquanto Golem empurrava o corpo do dragão para o lado. Do alto da sua cabeça, duas cimitarras estavam enfiadas até o cabo.
Olhei para Moura, que encarava o dragão demônio com os olhos inexpugnáveis. Ela deu dois passos para a frente e arrancou as lâminas de volta com uma precisão cirúrgica.
Anotação mental: nunca, em hipótese nenhuma, sob quaisquer circunstâncias, me indispor com a princesa.
Murmurei um obrigado cansado, que ela dispensou como se estivesse se livrando de um mosquito incômodo. Fomos até onde estava Kang, que havia suturado o ferido-irmão-rico com uma bandagem que cheirava a jasmim.
Ela fez uma reverência para nós, pegou uma das velas que estava em cima do altar e se aproximou do corpo do monstro-lagarto.
— Não se preocupe, ele está bem morto — falei, procurando um cigarro na batina até descobrir que meu último maço fora destruído pelo sangue nojento da criatura.
Jiao Kang não se virou para responder.
— Ele é um demônio ancestral. E, como todos, tem um lugar neste mundo. Como um dos grandes celestiais, eu prendo minhas homenagens — disse, fazendo uma longa reverência para o dragão prostrado.
— Parta em paz, Cria de Hastur, e recupere-se. Não há nada mais para você aqui — disse Kang, soprando a chama da vela, que se expandiu como uma bola de fogo e consumiu o dragão-demônio.
As chamas se extinguiram, levando junto o demônio.

— Ele não estava morto? — perguntei.

— Sim, mas eu o mandei de volta para o rei Irado — Kang respondeu, voltando com os passos lentos. — Em algum momento, Hastur e suas Crias se recuperarão.

— Por que você fez isso? — insisti, sem entender.

Kang girou nos calcanhares e foi até o seu irmão, que parecia ter adquirido uma cor um pouco melhor.

— Hastur é um demônio conhecido — respondeu Lopan, com a voz fraca. — Podemos lidar com ele. Se fosse destruído, a balança seria desequilibrada e um novo demônio tomaria o seu lugar.

— Isso não me parece uma vitória para mim — resmungou Lovecraft, aproximando-se com a mão na cabeça dolorida.

— Lutamos contra o mal — explicou Kang. — Não buscamos a vitória, apenas contrabalançar com o bem.

Vi Kang contornar o altar até onde estava o filho. Ela retirou uma bandagem das suas roupas e limpou face ensanguentada dele.

— E o que vai acontecer com o rapaz? — perguntei a Lopan, ajudando-o a se levantar.

— Ele cometeu uma das Cinco Ofensas Graves: tentou matar a própria mãe. Isso já garante uma passagem direta para um dos dezoito infernos comandados por Yama.

— A mãe dele vai condená-lo ao inferno? Acho difícil!

— Concordo. Mas ela deve deserdá-lo, o que é quase a mesma coisa para os chineses. Ele vai viver como um homem sem honra.

— Garoto idiota.

Ele apenas assentiu, segurando-se em meu ombro. Tinha perdido muito sangue e ainda precisaríamos voltar pela longa escadaria.

— Vocês poderiam selar estas passagens? — perguntei.

— Já tivemos nossa quota com este demônio por uma ou duas reencarnações.

Lopan e Kang assentiram com uma reverência e nós começamos a retornar.

Não me lembro de muita coisa depois disso. O mundo se tornou subitamente escuro e eu me agarrei à parede de pedra para não cair. Então, somente a escuridão.

13. Sangue Negro

Fiquei de cama por quase duas semanas. A porcaria daquele sangue negro do *maldito-lagarto-demônio-ancião* não podia fazer bem mesmo. Uma febre perigosa se desenvolveu rapidamente e delirei a maior parte do tempo. Tive alguns vislumbres de Lovecraft e Abdul discutindo alguma coisa sobre poções e a visita da velha Kang. Também acho que vi Madame Dyer e tenho quase certeza de que mesmo Moura apareceu para me visitar. Mas talvez tenha sido só um sonho.

Ou um pesadelo, pois me lembro nitidamente das duas cimitarras se aproximando da minha cabeça.

Vomitei mais naqueles dias do que em todas as bebedeiras anteriores e, com os diabos, isso era algo realmente impressionante. Só consegui manter alguma coisa no estômago a partir do nono dia e fui ao banheiro pela primeira vez, sem ajuda, no décimo segundo. Lovecraft disse que iria fazer uma oração especial para Mbombo[27] naquela noite.

Assim que pude ficar em pé sem tremer como uma vara de bambu no meio de uma tempestade, eu e Madame "Gelo" Dyer tivemos uma longa conversa no seu escritório. Fiz o meu relatório o mais exato possível e ela pareceu satisfeita.

— Jiao Kang está muito agradecida. Ela é uma aliada poderosa. Seria uma pena perdê-la.

— Não sei se o filhinho concordaria.

Os lábios dela adquiriam a espessura de uma folha de papel.

— Ele foi devidamente punido. Acreditamos que Tsai não seja mais uma ameaça.

Dei de ombros. Voltar para Chinatown não estava nos meus

[27] N. A.: Mbombo ou Bumba é o deus criador do vômito, um gigante que não estava se sentido bem. Ele era solitário, e a solidão insuportável o deixou doente. Então, ele gemeu e vomitou o Sol, o Universo e, num esforço final, a Terra.

planos imediatos mesmo.
— Foi ele que contratou os *jians*, não foi? — perguntei. Estivera remoendo aquilo na minha cabeça nos últimos dias.
— Sim. Ele confessou tudo à mãe. Seu pacto com Hastur envolvia a troca do corpo da mãe pela fortuna do demônio. Ele queria os mesmos prazeres que via o tio Lopan receber, mas que Jiao desprezava. Mas a sua mãe foi mais esperta. Ela percebeu que havia algo errado depois que um segundo assassinato em Chinatown perturbou as linhas telúricas e tomou providências, lacrando todas as entradas secretas do seu pagode.
Ela parou para tomar fôlego, antes de continuar.
— Assim, Tsai não tinha como levar o corpo da mãe para o templo de Hastur. A única entrada que existia era do seu tio, Lopan. Mas ele sabia que não seria bem recebido. Por isso, pediu ajuda. O que ele não contava era que eu mandaria toda a minha equipe.
— E ele ficou com medo de que Hastur não desse conta — concluí.
— Não sem razão, não é mesmo? — resmungou ela, tirando uma nova baforada com um brilho nos olhos que poderia significar uma pontada de orgulho.
Será?
— Ele contratou os *jians* com a promessa de parte do tesouro de Hastur — ela continuou.
Assenti. O plano fazia sentido. Para um garoto idiota e obcecado por dinheiro, é claro, mas fazia sentido.
— Por que ele não foi simplesmente morar com o tio?
Ela pareceu perplexa.
— Lopan nunca o aceitaria como aprendiz. Ele odiava a irmã, mas não desrespeitaria os costumes. Era obrigação de Tsai ficar com a própria mãe.
Chineses! Humpf!
Levantei-me, mas parei na porta. Tinha evitado falar em algo que estava me incomodando e percebi que Madame Dyer também o fizera, mas precisávamos discutir o assunto.
— O tal Hastur tinha uma fraqueza.
— A luz da lua — atalhou ela.
— Se não fosse por isso...
— Vocês todos estariam mortos.

Houve um momento de silêncio e ela soltou um longo suspiro.
— Golem está procurando uma solução. Não tenho mais nada a lhe oferecer, Padre. Se ele for possuído ou trocar de ideia...
— É uma situação bastante instável.
Ela abriu um sorriso triste.
— E quando não é, neste ramo de trabalho?
Deixei o escritório e encontrei Golem lendo um exemplar da sua revista predileta, *Armas e Demolições*, na Sala da Pedra. Por algum motivo, ele abriu um sorriso.
Senti um calafrio percorrer minha pele.
Fui até o corredor e dei de cara com Lovecraft.
— O senhor está bem?
— Já disse para parar com esta porcaria de história de senhor, garoto.
Ele pediu desculpas de forma desajeitada, e eu o empurrei para o fundo do corredor.
— Onde vamos?
— Você sobreviveu à sua primeira missão. Não tivemos tempo de celebrar antes, mas agora está na hora da bebedeira.
Ele tentou protestar.
— Mas eu não bebo!
— Mas eu sim.
A cozinha estava vazia e a geladeira estava cheia. Perfeito.
— Esse tal de Hastur — perguntei para Lovecraft, enquanto servia meu copo. — Ele era um dos monstros estudados pelo seu pai?
— Não, particularmente — ele respondeu. — Hastur sempre foi um deus mesquinho. O meu pai dizia que havia coisas piores lá fora.
Ergui uma sobrancelha. Quase havia perdido a equipe inteira lutando contra o tal lagarto superdesenvolvido. O que estaria nos esperando lá fora?
Balancei a cabeça e bebi a cerveja de uma só vez. O garotão permaneceu em silêncio, me observando com o canto do olho.
Depois da quinta garrafa, desconfiei que alguma coisa estava errada quando Lovecraft se serviu de um copo. Tive certeza quando ele esvaziou o copo.

— Você... você falou algumas coisas enquanto delirava. *Jesus! Tenho que aprender a ficar de boca fechada.*
— Algumas coisas... — repeti, desconfiado. — Sei. Embaraçosas, imagino.
— Algumas sim, outras nem tanto. Quem é Agnes?
Terminei um cigarro e apertei a guimba no cinzeiro até destruí-la.
— Uma cigana que conheci em Bucareste. Uma excelente mulher e uma assassina de primeira. Mas não é sobre Agnes que você queria falar, não é mesmo?
— Não, na verdade, não. É sobre... bem, é sobre o seu pai.
Enchi o copo de cerveja e tomei metade num gole só.
— Não me dou muito bem com o velho.
Foi a vez de Lovecraft se servir e tomar um grande gole de cerveja.
— Era mais do que isso — ele disse, baixando os olhos. — As coisas que você falou... Bem, não dava para entender metade daquilo, mas... Você... Você realmente odeia o velho, não é?
— É.
Encarei o copo de cerveja fixamente. Lovecraft falou depois de um tempo.
— Ele... ele te fez alguma coisa?
— Não foi comigo. Foi com a minha mãe.
Houve uma pausa mais demorada desta vez.
— Ele bateu nela?
— Não. Ele a comprou.
Engoli o resto da cerveja, sem me virar para Lovecraft.
— Foi assim que eu vim ao mundo.

A aventura continua em:

A Irmandade do Olho do Corvo — Tomo 2

A Devastação de Gahotot

A. Z. Cordenonsi

aveceditora.com.br

Caixa postal 7501
CEP 90430 - 970
Porto Alegre - RS
www.aveceditora.com.br
contato@aveceditora.com.br
instagram.com/aveceditora